하얀꽃이

하얘서

외로움에 마음이 시달리고
그리움마저 눅진눅진하게 젖어
세상의 풍경마저도 쓸쓸함으로 가득 차서
작은 소망에도 숨이 막혀버리는
누군가의 불면증에
내 불면증도 함께 하고 싶었다.
그 마음이 후렴처럼 이어져 두 번째 책이 되었다.
가라앉았다가 다시 솟아오르는 것이 외로움인 것 같다.

하얀 꽃이 하얘서

송영신

일기 같은 시
&
편지 같은 수필

2집

■ 序.

겨울 같은 바람이 먼저 일고
하나하나 아픈 몸뚱이들
아직 사라지지 않고
모진 지탱을 견디고 있는 목숨은
잃어버린 꿈의 양만큼이나
얼룩진 절망을 거듭했을 것이다

연한 햇살이 추운 바람에 젖어
거친 길 위의 그 침잠沈潛한 숙멸淑滅

너나 내나 저린 가슴으로
다함없이 기다리다 흘려보낸 세월이니
겨웁도록 바친 마음이
새삼 무에라 섧겠느냐 만은
아득한 색색의 꿈만은
죽어서는 안식할 거라는 허무라도 전해주고
나는 자꾸 웃고 싶구나

그래, 가게라
이젠 안녕이라 하고 그만 가게라 하자
왔으니 가기도 하는 것이라 하고
가면 다시 올지도 모르는 것이라 하고

그래도 행복했습니다
아프지만 행복했습니다
그런 말이나 대롱대롱 남아있으려니
그러려면 가게라
이젠 그만 가게라 하자

보고파 간절하던 그리움도 온 것이니 가게라 하고
가는 그리움이면 다시는 오지 말게라 하자
가게라, 이젠 그만 가게라
이왕 가는 게면
슬픔도 아픔도 데리고
아주 멀리멀리 가게라 하자

-< 그래, 가게라 >-

그 겨울의 하얀 눈꽃을 다시 기다리며

겨울을 안고 겨울 속에 있었습니다. 하늘의 선물처럼 새벽을 차고 조막만한 손 옹그려 쥐고 첫 울음 쏟으며 지구에 또 하나 인간으로 기록될 때가 하필이면 온 세상이 하얗게 눈 덮인 겨울날이었답니다. 어둠에서도 은하銀河의 별들이 착한 견딤으로 반짝이는 것처럼 어린 날엔 얼음 바위 같은 굳건함으로 누구에게도 굽히지 않을 마음을 가지기도 했더랍니다.

그러나 사람의 겨울 같은 세상은 몰랐던 탓에 초라한 창변窓邊에서 서릿발 같은 바람에 시달리다 오만하던 고집은 다 조각조각 부서져 내리고 야물었던 지혜는 불씨만 문 채 휘발揮發하지 못하고 끝내 숨죽이는 시린 눈물에 잠겨 이 차가운 세상에서 찬바람이 매섭게 불어올 때마다 뭉개져버린 나의 심혼心魂은 참으로 부끄럽고 가여웠고 또 징그러웠습니다.

자연엔 사계절 윤회輪回의 법法이 있어 돌고 돌아서 꽃망울 터지며 피어오르는 따스한 봄이, 무성히 푸른 잎의 여름이, 불꽃 단풍의 화려한 가을과 함께 차갑고 추운 겨울이 오고 가고 가면 또 온다지만, 내 삶에서는 차디찬 겨울만 닮은 회색의 세월과 바람찬 세상이 가득했던 것 같습니다. 그런 줄 알았더라면 겨울에 태어나지 않았어야 했는지도 모르지요.

어느새 자연의 아름다운 봄을 위해 개화開花를 부를 꽃샘바람
이 불어오고 있습니다. 세상의 계절이든 또는 나만의 겨울이든 이
제는 이미 낡아버린 청춘에 야위어버린 손 사이로 모두 술술 빠져
나가 이러거나 저러거나 지금은 무감無感해져야 하는 세월이지만
지난날 세상의 그 모질던 겨울과 추웠던 삶에서 아직도 나는 무심
無心하지 못하고 있는 것 같습니다.

겨울에 태어나 생애의 많은 시절을 겨울로 살다가 마지막 날에
도 하얀 겨울에 죽고 싶은 나는, 세상에 상처뿐인 마음이 더 피폐
해지지 않게 나만의 얼음 빗장을 꽂아두고 오래전 한 겨울아이가
축복 같은 하얀 눈과 약봉約逢하던 그때처럼 찬란한 눈꽃이 가득
한 겨울을 늦게라도 만나서 내 모든 생生과 함께 해 온 겨울이 결
코 참극慘劇만은 아니었다는 것을 보고 싶습니다.

하여…. 이젠 낡고 야위어 볼품없는 초라한 손일지언정 굳게 말
아 잡고 어쩌면 오래지 않아 와줄지도 모를 아름다울 내 겨울과
오랜 삶의 기다림 끝에 어쩌면 피어나줄지도 모를 그 하얀 눈부신
눈꽃을 다시 기다려 보겠습니다.

차례 **1**

2

9

10

1

몸살 外 8

몸살

어둔 빛의 눈길이 향하던 끄트머리
푸르슴 달빛은
고층 난간에 날개 접은 나비처럼
파르르 위태롭다

서걱대다
부서지며
입술 트는
못 견디는 마음 하나

내부에 서린 쓸쓸함이 눈동자로 배어나오며 암담하게 밝혀오
는 눈물
그리움과 고독은 아픔으로 동여매어진 한몸이 되어 긴 밤을 새
웠다

아, 몹시 아프다
차라리
선지 빛 피를 흘리는 게 좋았었다

꽃이 지는 밤에

이리저리 몰려가며 패 쌈박질 벌이듯 여러 곳에서 비는 오고
　허기를 채우지 못해 우는소리 같은 바람이 마음대로 와서 꽃을
흔든다

　피어난 곳에서 떨어지면서 고함을 지르지도 슬퍼하지도 못하
는 꽃
　피어나서 핀 것으로 종료되는 것이 꽃이라지만
　지는 순간까지 꽃으로 믿는 허무虛無가 꽃이 되었던 것일까

　철벅이는 그리움 안에서 스스로를 지키려 마침내 꽃으로의 전
생애全生涯를 거절하는 꽃
　꽃은 피어나자마자 꽃이 되었겠지만 사실은 종말을 알리는 암
호가 꽃이었을지도 모른다

노을

서편 하늘의 구름이 고운 날에는 살아있는 게 슬프지

새벽의 찬연함을 잃어버린 처연함으로
수평선 해 붉게 장엄하지 못하고
자글자글 바닷속 깊이 불태우지도 못하고
이미 받아들인 것은 아름답게
아직 다 받아들이지 못한 것은 배경으로 안고 스러지는 빛

태초부터 빛이 있는 하늘도 어둠이 오면 빛을 저리 거두는데
이 땅에는 잠시도 놓지 못하는 그런 사랑 있어 슬퍼

노을이 슬퍼
그러게
내가 슬퍼

외론 버릇

아득한 별이 아뜩한 별빛을 보이듯
목마른
사람아, 사람아
사랑을 바위처럼 해야 할 텐데
미움도 바위처럼 해야 할 텐데

천 길 땅 밑으로 흐르는 물처럼
가슴 깊이 슬픔을 소리 없이 안고 살아온 걸
너는 모르지
스쳐 지나는 바람 한 자락에도
죽었다 살았다 고마 수없이 이승 저승 들고나는지도
너는 모르지

아아, 돌무덤을 쌓아 이 마음을 영영 파묻어주랴
긴긴밤 홀로 타다 사그라지는 촛불처럼 사라져주랴

사람아, 사람아
외떨어진 문짝이 달빛에 제 그림자를 만드는 것처럼
들려오는 말 한마디 없어도
나는 이렇게 혼자 답쑴을 하는 버릇이 들고 말았어

부르면 부를수록

부르면 부를수록 깊어가는 그리움이랴
이는 내가 슬프면
너도 슬플 것이라 생각하는 때문인지 모른다

어디 있는가
첫 마음은 어디에 두었는가
기다리던 시간들에 적요寂寥한 가슴이 되물어 오고
나는 시도 때도 없이 조마로운데

그래, 말하지 말자꾸나
한 가지 한 가지 흡족하고 싶은 마음일랑
세상에 흔하디흔한 것이라
막연한 그쯤의 이유로 덮고 흘려보내다가
얼마나 미워지려는지
지금은 말하지 말자꾸나

머뭇대고 서성이다 희미해져가는 얼굴
네 마음은 어디 있는가
자애롭던 내 마음은 또 어디 두었는가

바람 소리에 후루룩 가슴이 흩어내려 바닥에 뒹구는

이러한 때 지금은

그리워하는 것만으로 몸을 덥혀가며 가슴 끌어안는 밤

부르면 부를수록 타오르는 이 그리움이랴

나는 울고

이는 내가 슬프니

너도 슬프리라 함께 일어나는 생각 때문이다

노을 지는 창가에 서서

이제서라, 인생의 창가에 서서 몰래몰래
다시 되짚어보는 한 생애生涯의 회한悔恨

사랑만 알고 사랑만 해 온 사람 하나가 앓아야 했던
외로웠던 삶은
검은 바다의 몸짓처럼 거품으로 스러져가고 말겠다만
파도처럼 연달아 밀려오는 섦음에
속내만 가릉가릉 끓으며 살아온 것 같아

어느 날 저 저물어 가는 노을처럼 살기를 끝낼 즈음에
추웠던 영혼이 남기는 말이 네 귓전에 울려오면
이 세상에서 안타까웠던 얼굴이
너에게 둥근달로 환하게 피어오를지도 모르지

아아, 보고픈 사람아
노을 지는 저 하늘의 시각만큼이라도 너는 평안하라

속 깊은 마음으로 빌어보자니
맺히는 눈물에 그만 볼이 젖고 마는데
노을 지고 나면 찾아들 별빛에
나는 또 눈이 시리겠구나

세월은 물살처럼 흐르고 다시금 알겠어라
살아서 무에라 다함없던 사랑도
그리운 것들을 하나씩 잃어가고 가슴만 습해져
애틋함만 남는다는 걸

살아있는 것은 죽지 않는다

살아있는 모든 것은 죽지 않는다. 살아있기를 포기해버린 것만이 죽는 것이다.

밤하늘의 별을 보면 알 수 있다. 별이 져도 다시 뜨는 것처럼 꼭 살아있어야 하는 것은 비록 저물었다고 해도 사라지지 않는다는 것을.

그렇다, 살아있다는 것은 살아있어야 하는 모든 이유를 다 포함함으로써 죽지 않고 있다는 것이고 사랑한다는 것은 그리움에 합당할 모든 이유를 다 포함시킴으로써 사랑을 지켜내고 있다는 것이다.

아무도 보아주지 않아도 온몸을 흔들며 꽃가루를 만들고 실낱바람에 꽃씨를 실어 목숨의 혈통을 이어가고 있는 들꽃들이나, 아프고 고된 삶의 세월에 찬비 맞아 물든 몸살로 앓는 사랑의 그리움을 물씬 안고 살아가고 있는 나나, 아직 죽지 않고 목숨을 유지하고 있는 것을 보면 살아있는 모든 것들은 살아있어야 하는 이유를 하나씩 찾아 반짝이며 죽지 않고 있다는 것을 알 수 있다.

매운바람에 서릿발 서늘한 이 세상을 살아간다는 일만 해도 참 힘든데, 힘든 것을 더하는 게 산다는 일에 사랑을 얹어 살아가는 것이고 더더욱 힘든 것이 아프고 슬픈 사랑을 그리움으로 지켜가며 외로운 목숨을 살아내고 있는 것이다.

죽은 것보다 살아있음을 인지하지 못하고 사는 그 저변이 더 애처로운 이 불멸의 연속, 생生의 피로와 고뇌의 극한에서도 살아있는 목숨들이 사라지지 않는 것은 처음 태어나던 때를 기억하고 있는 세찬 그리움 때문일 것이다.

아, 어쩌자고 수분도 없는 혼魂으로 쓸쓸히 살아있어야 하는지 모르겠지만 멸망의 이유를 납득하지 않는 모든 것은 살아서 기진氣盡할 뿐 사라지지도 죽지도 않는다.

그래, 어째도 어쩐다 해도 사랑이 있는 동안에는 죽지 않는다.

사랑을 포기해 버린 삶이 살아서도 죽은 것이고 어둠에서도 별처럼 반짝이는 그리움을 품고 있는 사랑이 죽어도 살아있는 목숨인 것이다.

기다림의 이유

내가 소모되어 가는 것은 흘러가는 세월 때문은 아닐 것이다
언제인지 모를 기다림 속에 내 사랑과 소망이 있는 때문이다

기다림은 길지만 기다림이나마 후회 없이 넉넉히 남겨두고파
기다리는 것이 해답이 될 때까지 기다려주는 무모함으로
기다림의 끝이 올 때까지 기다리는 것

퍽퍽하게 마른 저 황토 바닥에서 바짝 마른 수숫대가 일어서려
안간힘을 쓰는 것을 보면
사랑으로 살아낸다는 것은 가혹한 기다림을 필연으로 안고 있
어야 하는 것인지도 모른다

눈먼 사랑

투명한 빛 뒤의 슬픔은 모르는 것처럼 마지막 빛의 자취를 담고 어스름으로 걸어 들어가는 고요한 바다, 사랑에 눈먼 사람에게는 목숨같이 순정하게 간직하고 있는 아무도 알지 못할 그리움의 바다가 있는 법이다.

그래서 살아왔단다, 바라만 보고 있는 너의 가책도 결코 모자라지는 않았을 테니 세월을 덧없이 잃어가도 타인이 되기보다는 고정固定으로 지켜 서서 네 이름 하나 마지막까지 이 가슴에 남겨두기 위해 두 눈을 찔러가면서도 그렇게나 네 사랑을 원키도 원했으려니.

사랑해 온 세월이 이다지 사랑을 이어주고 있는지는 모르겠다만
참 불쌍해라,
바닷가를 거닐며 하릴없을 갈매기를 놀이 삼아 살아가고 있는
너나
그리움의 바다를 안고 섬처럼 떠서 이적지 살아 있어 주고 있는
내나.

세월을 온통 잃어버리고 있는 우리는 불쌍해라,
참 불쌍키도 해라.

2

하얀 꽃이 하얘서 외 8

하얀 꽃이 하얘서

바람 불고 물젖은 잿빛 도심의 하늘 아래
가지마다 살 맞대고
하얀 빛 부심 뭉텅이로
피고 피고 또 피고
자꾸 돋우며
아른아른 피어나는
이 세상 어디
저리 하얀 빛무리를 품어 안은 배후가 또 있을라나

하얀 꽃 가득
빽빽하게
나도
저처럼 가뜩
너를
기다리는데

밤이 되면 달빛에
사념思念으로 소곤대는
하얀 꽃이 하얘서
우우
이렇게 꽃무리를 보며 해후해보는

눈자위 글썽이는 애련愛戀
그리하여
괜찮다 사랑한다
그 측은한 말 다시 또 돋아 나오고

벚꽃길을 걷다
즐비한 하얀 꽃잎에 걸려
망연자실
하얀 꽃이 하얘서
가혹하게 하얘서
아프다
힘없이 아프다

새는 난다

새처럼 날기 위하여 인간은 활주로를 만들었지만
새는 활주로가 필요한 것이 아니다
바람이 있으면
한 줌의 바람만 있으면
새는 난다
언제라도 날아오른다
아무리 낯선 하늘길이라도
날개를 젓는 날개의 새에게는
이전 창공을 날았던 날갯짓이 남아있기 때문이다

바람에 서걱대다 떨어지는 낙엽처럼
제 몸의 은빛 깃털을 하나씩 떨어트리는 아픔을 안고
허공으로
목숨의 날개를 펴는 새
그러나 새는
새에게는
그 얼마나 아름다운 생生의 날갯짓일 텐가

바람을 자르며 새가 날아오름으로써
비로소 깨어나는 하늘
궤적을 그리며 새가 오르고

오르는 새의 날갯짓에 속도가 달려
한때
짙은 구름을 산등성이로 밀어냈지만
한 마리의 새가 날아오르고 나서 꽤 오랜 시간이 흘렀다

누군가
짙은 구름이 낮게 내려앉아 어두워진 하늘을 눈으로 쓰다듬고
있다
아직, 그리고
다시
새였다

지상地上의 새

새가 날지 않는 빈 하늘
액자에 갇혀버린 듯 저 너머의 표정이 사라진 하늘이다

바람조차 없이 햇살마저 가벼운 한때
나뭇가지에 올라있던 한 마리 새가 날개를 퍼덕이니
거짓처럼 한 줄 바람이 불어와주고
용하게 그 바람을 새가 딛고서 허공을 차며 오른다

떠올랐다 떨어질 듯 더 높이
거침없이 뻗어내는 목숨의 저 날갯짓
잠자던 구름도 뭉게뭉게
창공이 펼쳐지며 넓어지는 하늘이 된다
한 마리 새가 날아오름으로써
하늘은 비로소 무한無限의 풍경이 되는 것일까

새와 빛살이 얼마쯤 서로 겹쳐 깜박일 때
설마하니 하늘에도
드러나 보이지 않는 벼랑이 있는 것인지
방향을 틀던 새가
갑자기 떨어지듯 내려앉고 다시 무표정해버린 하늘

새는 바람을 타고 힘찬 날갯짓으로 나래를 폈지만

저 하늘에 새가 날아온 흔적이 보이지 않는 것은

바람처럼

실체가 없는 심상心想의 길만을 날아온 때문인지도 모른다

그래서 새는 하늘에서 사라지는 게 아니라

지상에서 소멸되어가는 것일까

아이러니하다

바람을 가르며 허공을 날던 새가

대기로 흩어져 사라지는 것이 아닌

지상에서 흙으로 되는 죽음을 맞이해야 한다는 것은

아직 소년

야산에 바람도 없는데 누가 기어 다니는지 바싹 마른 풀이 버석
거리고 있다.

그러니까 소년이었을 때다.

서울 근교 이모네 갔을 때 이종사촌이 나뭇가지 위로 아슬하게
올라

때까치*라는 새를 한 손에 감싸 안듯 가지고 내려와 내 손에 올
려주었다.

이 나무에서 저 나무로 옮겨날던 새와 하늘 높이 날던 새만을
바라보던 나는

아주 가까이서 새를 보는 것이 처음이었다.

내 근시와 난시가 합쳐있는 착시 때문이었는지 모르겠지만

새는 제 몸보다 크고 넓은 날개를 감추고 있었는지 아주 작아
보였다.

사파리에서 왕의 자리를 놓고 처참하게 싸우고 있는 호랑이를
TV에서 보았다.

아마 그때도 소년이었을 것이다.

짐승 중의 왕이라는 호랑이의 포효를 듣고 싶은 호기심에 새벽
첫 버스를 타고

창경원 대문 옆 담장에 쪼그리고 앉아서 귀를 기울여보던 때가
있었다.

그때 누군가가 내게 창경원에 있는 호랑이는 새벽이면 남산을 쳐다보며

쇠창살을 붙들고 울부짖는다는 이야기를 해준 것 같기도 하다.

그러나 지금까지 동물원에 몇 번을 다녔어도

호랑이의 진짜 포효를 그의 육성으로 나는 한 번도 들어본 적이 없다.

하늘에 날개를 펴지 않는 새는 날갯죽지가 꺾여있었던 것일까.

동물원 호랑이는 성대를 잃어버린 후 동물원에 왔던 것일까.

하긴 그때

새에게

호랑이에게

무슨 일이 있었는지는 아무도 모를 일이다.

그리고

소년에게도.

* 때까치 – 참새목 때까치 과에 속하는 소형 조류로 평지나 산지, 공원, 키 작은 나무숲
이 있는 농경지 주변에 서식하는 우리나라 텃새로 까치와는 다른 새이다.

먼 곳

가까워서 먼 곳은 없다
먼 곳
멀리 있는 그곳을 먼 곳이라 한다

걸음을 디뎌 닿을 수 있는 곳을 먼 곳이라 하지 않고
바람이 실어다 줄 수 있는 곳 또한 먼 곳이라 하지 않는다

아무리 가까워도 닿지 않는 곳
애타는 걸음으로도 다가가지지 않는 곳

지금은 먼 곳이지만
어디서든 어떻게든 살아있기만 하면 끝내 갈 수도 있는
그런,
먼 곳
그곳에 네가 있다

낙엽처럼 태우고 싶어

무구히 그리워해 온 버릇 때문에
섧어,
새삼 자꾸 섧어

달리 더 줄 수 있는
더 마음도 이제 내겐 보이지 않는데
지난 세월이 다시 되살아나는 곤혹스런 이 그리움
으슬으슬 이 가을밤을 나는 어떡해

참말이지,
오늘은 알맞은 정부情婦라도 찾아
낙엽처럼 온몸을 태우고 싶어

괜찮아

나 자신을 위해 펑펑 살아보지 못하고
늘 노심초사 안달복달
굴곡진 운명에 간신히 군불만 지펴온 것 같아
돌이켜보니 뭔가 억울해
참 가련하긴 하다만은
눈물조차 없었으면 더 불쌍하고 초라했겠지

괜찮아, 산다는 게 너나없이 다 그런 것 같은데
제까짓 불행이 아무리 길다 한들
사람 목숨보다 길기야 할까
세월에 기운 떨어지면 제 놈도 시들해지겠지

구겨진 옷처럼 구석에 박혀있지만
그래도 하나는 알았대지
가장 단단해지는 결심은 누군가 지키려 할 때라는 걸
그러니 마지막 날까지 변함없이 살아가야지
너를 사랑하는 마음마저 흔들리지는 말아야지

괜찮아
그냥 그렇게 살면 되지
괜찮아

그런 날이 있습디다

그냥 눈물이 쉼 없이 흐르는 날이 있습디다

아무것에서 설워할 일 없고
하늘이 무너질 듯 비를 쏟는 것도 아닌데
눈물이 맺혀 흐르고
흐르다가 다시 맺히는 날이 있습디다

뒤적이며 부산을 떨고
음악을 크게 틀어 목청을 높여도
마음을 다 들어낸 듯 바람이 숭숭 드나들고
살아 있음이 그냥 억울해
눈물이 쉼 없이 흐르는 그런 날이 있습디다

아프면서 얼마나 아픈지 모르는 날
슬프면서 무에라 슬픈지 모르는 날
외로우면서 어쩌자고 외롭다는지 알 수 없는 날
앞으로도 얼마간 살아 있어야 한다는 것에
그냥
그렇게 쉼 없이 눈물이 흐르는 그런 날이 있습디다

결코 사랑

여하하여도
내가 사랑해야 하는 사람

내가 사랑해주지 않는다면 그 순간부터 더는 이 세상에 살아있
지 않을 사람
너를 사랑하지 않는다면 더는 내가 이 세상에 살아있을 이유가
없는 사람
여하한 일이 있다 해도
나만은 그렇게 느끼고 생각해야 하는 사람

설혹
그대가 나와 같지는 않을지라도
결코
나는 그리해야 하는 사랑

3

이젠 살고 싶다는 말이 外 8

이젠 살고 싶다는 말이

살고 싶다 살고 싶다는 말을
목구멍 깊숙이 집어넣었을 때는
정말 살고 싶었습니다

판독할 수 없는 여러 갈래의 막막한 세상
생각대로 살겠다는 것이 얼마나 큰 착각인지
나 같은 것쯤 상관없는 이 세상에서
사랑을 지켜보겠다는 욕망이 얼마나 큰 과오였는지

어찌 짐작이나 했을까요
매일이 마지막 날인 것처럼
툭툭 삶의 매듭이 끊겨져가는 숨 막히는 두려움에
가슴이 짓이겨지는 슬픔을

돌아보면 내가 너무 초라해 울고
생각하면 네가 안쓰러워 서러워 울고
울다가 우는 슬픔에 내가 더 사무쳐 울고

살고 싶다 살고 싶다는 말이
목청 밖으로 터져 나왔을 때는
차라리 죽는 게 사는 것일지도 모른다는

가엾은 말이 되고 말았습니다

이제는 알겠습니다

하, 예전엔 모르던 침묵이 곁에 와 소름 돋는
오늘과 꼭 같은 숱한 어제들
사랑 하나만 보고 살았다면서
사랑의 그림자는 왜 미처 헤아리질 못했답니까

아직까지 안절부절 노심초사勞心焦思 사랑은
달빛에 몸을 뒤집어 부서지는 밤바다 물거품처럼
눈물을 물고 엎디어 숨을 잇는 쓸쓸한 영혼입니다

뼈저린 외로움에 어디 마음이 성하겠습니까 만은
그마저 없으면 더 쓸쓸할 것 같아
저항도 할 수 없는 이 고독은 어찌해야 감당할 수 있답니까

무슨 별이라 이 밤에 또 총총한 빛을 반짝여주고 있답니까
저 캄캄 하늘에서 어느 별이 한 줄기 빛을 보내준대도
내 사랑이 아니면 어찌 한 자락 그리움을 달래볼 수나 있답니까

알겠습니다
이별을 알지 못하는 우매愚昧함이
어디까지가 사랑인지 모르는 무지無知가
이승을 버리는 것보다 얼마나 더 어려운지 알겠습니다

알겠습니다

상심傷心으로 돋아나는 외로움이

사랑을 돌아서는 것보다 얼마나 더 아픈지

이제는 알겠습니다

구하舊河의 외로움

세속에서 가능한 것은 더 이상 질문이 필요하지 않다는 것을 자각自
覺하는 일이다.
다만 반자연의 절대성이 자연보다 더 적극적이라는 엄혹한 암시만 불
안으로 파동 된다.

혼자 있어 외로움이
아니다
고립무원孤立無援의 세계,
알맞은 세상으로의 아름다움이란 원래
없었던 것이다

하늘빛이 흔들리고
졸졸 어린 울음소리가 들려오다가
모든 시간이 거절되는 외면이 차츰차츰 번져와
물 대신 바람이 길을 따라 흐르는 위로 쌓이는
절망의 두터운 질감

메마른 등을 끊임없이 쳐오는 낙담落膽에
한 잎의 꽃잎을 띄워 놓긴 했지만
어디서부터 어떻게 시작되어 왔는지
수없이 밀어내고도 다시 곁을 내주게 되는 외로움은

고리처럼 이어져 끝이 보이지 않는다

혼자 있어 외로움이
아니다
혼자 있어 외로움은
아니라고 했다
아직은 살아있어야 하는 것이 외로움이고
다시는 피어나지 못할 것 같은 사랑이 외로움이고
덧없는 의지로 삶을 감당해보려는 것이 외로움이다

구하도舊河道.
흘러가는 무리 속에서 홀로 흐르지 못하고 있는 것은
이 세상 안에 혼자 있다는 것이다
지구와 별들 안에서도 혼자 있다는 것이다

*구하도舊河道 : 예전에 물이 흐르던 하천이었으나 지금은 물이 말라 흐르지 않고 물이
흐르던 흔적만 남아 있는 지형.

빗물 편지

풀잎 하나가 간신히 떠받치고 있는 얇아진 감정에
그리움이 예감 자체로 슬픔이 되는 비가 내리고
울음 몇 자락 다시
그 위로 겹쳐지고

아아, 너무 사랑만으로 살아온 것 같아
살아서는 그만 죽고프고
죽어서도 사랑은 사절하고파
아니 아니야
이도 저도 아무것도 아니라고
내리는 빗물에 그냥 편지를 쓰고 싶었어

그 누구에게
소리 지르듯
소리 지르듯

아직은 사랑하니까

섦으면 아프지 말고 아프면 섦지나 말지
어쩌자고 섦으면 아픔이 오고 아프면 왜 섦어지는지

사랑했대요, 사랑한다 했더랍니다
그래서 사랑이 사랑답게 함께 할 수 있을 양이면
천 번이고 만 번이고
입술이 다 닳도록 목이 쉬어 잠기도록
천 번의 만 번을 사랑한다 못하겠습니까 만은

이젠 못해요
사랑에 아픔이 너무 많아 괴롭고
그리움이 너무 설워 나는 못해요
어느 하나라도 조금만 덜어주셔요
그러면
벼락 맞은 나무처럼 아픔이라도 사랑만은 뿌리처럼 내려두고요
바다같이 깊고 넘치는 설움이라도 그리움은 섬처럼 남겨둘게요

아아, 못해요 더는 못해요
길 잃고 헤매는 아이처럼 울먹이며 떼를 씁니다
사랑하니까
아직은 사랑하니까

비감悲感

지나온 것은 서럽고 남아 있는 것은 안타깝다. 살거나 죽는 것
이 하루하루 뜨고 지는 저 태양만 같으면 얼마나 좋으랴, 살아있
거나 죽어야 하는 것쯤 잊을 수도 있을 것이다

부적符籍처럼 지니던 사랑
생生의 완전했던 일부一部, 그 아름답던 불꽃

고유했던 과거의 실체가 사라진 지난날의 기억은 바람처럼 왕
래하고 외로움은 떨어진 새의 깃털처럼 나부끼고 아무런 방편도
없이 사무친 그리움을 허무로 앓는 슬픔은 적막하기만 하다

살거나 죽는 것이 하루하루 뜨고 지는 밤하늘의 저 달만 같다면
얼마나 좋으랴, 살아서 지켜야 할 것을 지키지 못했으니 죽어서는
지켜야 할 것을 지켜볼 것이다

그는 홀로 앉아 바람을 본다

그는 바람을 좋아했다. 바람 자체뿐 아니라 바람에 함께 묻어오는 온갖 느낌도 좋아했다. 잠시 시원하게 느껴지는 바람이 모습의 일부를 드러냈다가 사라지는 아침에 적갈색 소나무 냄새가 바람에 묻어났다. 아직 초록빛으로 활기찬 나뭇잎들이지만 이제 가을로 들어서고 있음을 그는 알았다.

바람은 계절의 시기보다 더 먼저 민감하게 반응하며 계절을 조절하는 것 같다. 분명 바람은 제 몸 안에 계절을 촉진하는 양수羊水의 성질을 지니고 있는 것에 틀림없을 것이다. 뜨거운 여름내 언제나 시원해질까 하는 의구심은 이제는 무용無用한 일이 되고 기능을 잃어버린 여름은 다시 뒷이야기로 사라져갈 것이다.

계절의 첨병 노릇을 하는 바람은 아마 오늘부터는 여름내 열어두었던 사립문도 슬며시 밀어 닫아놓고 젊은 여인이 혼자 사는 이웃집을 힐끗 넘겨보다가 훌쩍 담장을 넘어가 마당 한 귀퉁이를 쓸어주기도 할 것이다. 그런 바람 한 자락이 사람의 마음을 읽고 마음을 달래주며 이전과 이후를 오래오래 유구悠久하게 이어가면서 오늘 아침 그에게까지 왔을지도 모를 일이다.

그는 세상의 모든 것은 모두 바람으로부터 비롯되는 것일 거라 생각하다가 다소 두터운 바람을 느꼈다. 하긴 본격적인 가을이 되면 바람은 한결 더 무거워지고 빛에도 무게가 실릴 것이다. 가벼워 자글거리던 햇빛에 바람이 중량重量을 얹어 빛의 부피를 줄이고 밀도를 높여 빛을 받는 모든 것에 충실充實을 꾀하게 할 것이다. 키가 높게 자란 풀이 옆으로 눕고 싶어 자꾸 몸을 기울이거나 과수나무의 열매가 중력重力으로 낙하하는 것을 보면 바람의 무게는 여름보다 가을에 더 무거워지는 것을 알 수 있다.

가벼워 눈에 보이지 않던 바람이 두터워져 어렴풋이 보이게 되면 그는 마치 오랜 지기知己가 찾아와 준 듯 몸에 생기가 돌고 눈이 반짝인다. 그에게 바람이 벗이 되어주는 계절이 시작되는 것이다.

이제부터 새는 더 높게 더 넓게 저 하늘을 날게 될 것이다. 한여름 동안 가벼운 바람 때문에 날갯죽지에 힘을 실을 수 없어 낮게 날아야 했던 새가 한층 두터워진 바람을 딛고 창공으로 상승기류를 타고 오를 수 있기 때문이다. 아마도 가을바람의 일차적인 사회성의 결과는 가장 먼저 새의 날개에서부터 일어나는 것은 아닐까. 무거워지는 바람이 새의 날개에 힘을 보태 위로 솟구쳐 오르는 힘을 전달해주는 것 같다. 가을 철새가 다른 계절의 새보다 유독 더 높이 더 멀리 나는 것을 보면 그것을 알 수 있다.

바람이 선선하게 찾아와 준 날, 그는 홀로 앉아서 바람을 본다. 가만히 바람을 바라보는 일은 그가 누군가와 감응感應하는 일이 되는 것 같아 마음의 동행이었던 사람을 생각나게 하고 쓸쓸한 외로움을 깨우쳐주기도 해서 깊은 마음 한 자락을 바람에 실어 보면 가슴속에 묻어둔 누구에겐가 바람 편지로 서로 기별하는 것 같은 느낌을 가지게도 해준다.

논리적으로는 설명할 수 없는 일이지만 도시공원의 벤치에 앉아있으면서도 오대산 산골짝 산새들 지저귐을 듣기도 하고 동해의 거친 파도소리, 강화 갯벌에서 조개들이 뽁뽁 숨 쉬는 소리, 한려수도 해수면 위를 나는 갈매기들의 유난한 끼룩 소리, 담양 대숲의 대나무들이 싸아 비비대는 소리, 호남평야의 벼들이 이삭이삭 익어가는 소리, 제주도 해녀들의 물질하는 호오이 숨비소리까지 듣게 해주는 것이다.

그렇게 미지未知의 길 위에 흐르면서 세상의 모든 것과 감응하는 바람은 그에게 늘 사색의 근원이 되어주었고 사람의 간절한 소망이나 마치 죽을 것 같은 사랑도 한 줄 바람과 같은 것이라는 걸 깨닫게 해주기도 했다.

어느 때는 세상의 모든 걸 다 삼켜버릴 듯 몰아치다가도 금시 순하게 제 본래 모습을 선선하게 보여주고 어느 때는 새침하게 제 모습의 일부만 살짝 흘려놓곤 사라져버리는 바람.

자연의 바람이 가진 모든 전형全形을 한낱 사람으로서는 다 알 수는 없겠으나 바람이 휘어져 스쳐갈 때 손을 펴서 부드럽게 바람을 한번 쓰다듬어보면 작은 상처들이 쌓여 눌어붙은 신경쇠약도 사르르 가라앉는 듯하다. 옷 사이로 스며든 바람이 체온을 서늘하게 식혔다가 빠져나가면서 습관적인 두통도 투명하게 만들어주는 것일까. 하긴 답답하고 막막한 이 세상에서 이런 시원한 바람 한 자락도 없었다면 오랫동안 젖어 온 초라한 사람의 소망과 어두운 사랑의 쓸쓸함을 어떻게 위로해줄 수 있겠는가.

바람은 지나간 일들과 다가올 일들 사이의 많은 미완성의 운명들을 단조短調한 운명으로 바꿔주어 어느 날 익을 대로 익어서 터지면 다시 다른 바람이 찾아와 그 상처를 위로해주곤 하는 것 같다.

과학적으로 사람이 느끼는 자연의 바람은 대기 18km 높이에서부터 시작된다고 어느 방송에서 들었다. 바람은 사람의 눈으로는 측정할 수 없는 높이에서 바람의 씨를 잉태하고 일어나 사람이 발을 딛고 서 있는 지상에 와서 흔적도 없이 소멸되어간다. 바람도 자연의 한 부분이니 태어남이 있다면 당연 사라짐도 있겠지만 바람이 무엇 때문에 일어났다가 사라지는지 그로서는 알고 싶지도 않다. 그저 바람은 태어난 이후에는 아무 욕심 없이 과정에 대한 헌신獻身으로만 존재하는 것으로 인지認知하고 있는 것은 아닐까.

그는 늘 바람이 끝나는 곳을 찾아가 바람과 함께 눕고 싶다고 생각했다. 바람이 끝나는 그곳에 삶의 온갖 고난과 비탄을 다 묻어둘 수 있는 그의 무덤이 자리하게 된다면 그것은 얼마나 근사한 행운일 것인가.

바람이 눕는 곳, 의외로 그곳은 이 세상에서 가장 안온한 곳일지도 모른다.

안개에 대하여

그러나 나는 쓸쓸하지 않다고 이야기하고 있는 것이다.

어스름 안에 갇혀있어도 푸른 하늘을 기다리는 새벽의 아침에 있기 때문이다.

한정된 동안만 존재해야 하는 시간을 불안 속의 평온함으로 자욱하게 감싸는 안개,

안개에 덮여있을 때 쓸쓸하지 않았다면 안개가 사라진 후에도 쓸쓸하지 말아야 한다.

서서히 사라져 가는 아침 안개를 보면

이별의 마음이 한 번이라도 닿은 적이 없는 사랑이란 없을 것이라는 생각이 든다.

사랑함이 꼭 사랑으로 남아야 하는 것은 아니지만

이별 후에 다시 해후하는 사랑이라는 것이 있기는 할까.

사랑하는 사람끼리의 마음이 왜 엇갈려져야 하는지를 풀어낼 수 없는 것처럼

바라보는 모든 것을 불투명한 시선으로 가두었다가 엷어지면서 안개는 사라져갔다.

하지만 나는 내 목숨이 살아있는 동안 내 사랑마저도 안개와 같은 것이라 할 수는 없다.

낮게 퍼지는 울적함을 차분히 감싸 안아주는 안개 가운데 서 보면
아득하게 사라진 사람의 사랑이 꼭 쓸쓸한 것으로만 남는 것은
아니라는 것을
안개가 놓고 간 여운을 보면 알 수 있다.

떠나보내는 마음마저 뽀얗게 감싸 안아주는 그 촉촉함.
나는 차마 드러낼 수 없는 쓸쓸함을 이야기하고 있는 것이다.

아무렇든 나는

내 살아있는 세상에서
가장 아름다운 꽃보다 몇 갑절 더 화사하게
사랑받아야 할 그대

단지, 지금은 죽은 듯
한파寒波 동설冬雪에 검은 동굴 같은 회한悔恨의 긴 터널이라
여윈 모가지에 차오는 끝 숨도 편하지 않고
핏물 고이는 절망으로 아무것도 기대할 수 없다지만
아무렇든
어떻다든
내 숨을 놓는 순간까지
다시 사랑의 빛을 열기 위한 소망을 버리지 못하겠거니

사랑하는 그대
그대에게 있지 아니한 나는 없다

4

하늘에 대하여 外 8

하늘에 대하여

물은 낮은 곳으로 흐르지만 하늘은 시선視線의 높이에만 머문다

지상에서 바라보는 하늘은 언제나 높이와 맞닿아 있고
하늘이 가지고 있는 높이에는 벼랑이 없어
사람이 하늘에 닿을 수 있는 것은 먼 시선으로 바라보는 그 순간
뿐이다

하늘에서 내려다보는 지상은 고만고만한 평지에 지나지 않지만
지상에서 보는 하늘은 높은 산에 올라서도 하늘의 높이를 가지
고 있어
사라져가는 모든 것들이 마지막에 다시 한번 올려보게 되는 하
늘이지만
하늘은 하늘의 높이와 결별하면서까지 내려앉지는 않는다

지상의 것은 누군가 무엇인가가 그 자리를 채워줄 수 있지만
하늘이 비어있는 자리를 대신해 줄 수 있는 하늘은 없기 때문이
다

하늘과 땅 사이에 바람이 분다
끊임없이 되풀이되는 모습으로 바람이 흐르는 것은 지상의 살
아있는 목숨들이 하나씩 산화酸化해가며 대기의 원소元素로 하늘

의 무게를 떠받쳐주고 있어서는 아닐까

　저 푸른 하늘이 시린 눈물로 바라보아야 하는 그런 서늘한 빛을
닮았다 생각한 것은 그 때문이다

날개를 지닌 목숨

새가 나는 것은
하늘이 있어서가 아니다
새가 나는 것은
날개를 펴야 하는 새의 운명을 한순간도
잊지 않고 있기 때문이다

미끈거리는 양수를 뒤집어쓰고
갈라진 틈을 비집고 나오기로는 같은 한 족속이나
어깨에 힘을 주고
푸득 푸득 나는 몸짓을 하는 새
어정거리며 뛰어다니는 새는
허공을 날지 않아도 되는 새의 운명을 가지고

날개가 꺾여 지상으로 곤두질을 하게 되어도
뼈마디에 날아야 하는 가치의 영혼만 있어
바람 한 자락에도 깃을 세우고
죽도록 나는 새
죽어가면서도 날아야 하는 새는
고통스러워할 새나 아파할 새 조차 없어

슬프다

수평과 수직으로만 뻗어 있는 세상에서

반짝이는 햇살에 취해

빈 하늘을 어깨에 지고

자신이 자기의 해답이 될 때까지

날아오르는 날개를 지닌 목숨은

슬프다

새 이야기

하늘을 날고 있는 새가 우는 것을 들어본 적 없으니
새가 우는 것은 지상에 머무를 때뿐이라고 생각했다

어쩌면 새는
날개를 펴고 있을 때 울면
울음소리가 떨어지는 중력重力때문에 지상으로 낙하落下되는
것은 아닐까
그렇다면 새는
슬픔을 담고서 언제나 침묵하는 몸짓으로 하늘을 날고 있어야
한다

새는 자기가 날 수 있는 거리보다 더 먼저
날아올라야 하는 거리를 가늠하며 날개를 펴는 것으로써
살아있는 목숨으로의 몫을 하는 것이겠지만
한들거리는 바람에도 가지 끝을 차고 날아오른 새의 빈자리를
보면
그곳에 새가 있었다는 사실을 믿기 어려울 만큼 가냘프다

새가 바람을 타고 날아올라 휘어져 보이는 저 먼 하늘길
아마도 그곳엔
어느 영혼이 영원히 쉴 수 있는 안식의 터도 있을 것이다

사람의 영혼이 죽으면 새가 되는 것이라는 말이 문득 떠올라

새가 날아간 서쪽 하늘을 바라보았다

울음을 숨기고 허공으로 날아간 새는

어느새 빈 하늘만 남기고 시야에서 사라져버렸다

며칠을 더 앓아야 할 것 같다

어느 봄날 밤

길 없는 하늘에 날개를 펴다가 목숨을 접는 한 마리 새처럼
그렇게나 착함 하나로 아픈 이름이 꽃이라는 것을
꽃 몽우리가 밤새 흔들리는 날에는
그리움이라거나 외로움 따위로 눈물짓지 말아야 한다는 것을
오늘,
이 봄밤에는 기억해 두기로 하자

봄이라는 오늘

살랑살랑 불던 바람이 갑자기 심술을 내며 몰아치면서 그래도 봄이라고 비가 내렸습니다. 옷깃을 여미는 차가운 바람이 몰고 오는 비인데도 불구하고 그런 비에 젖어 촉촉하게 물이 오르는 나무들을 보면서 내가 정작 기다리는 봄은 아득하니 요원하기만 한데, 나 역시 차가운 바람에 휩쓸리면서도 빗방울에 봄을 느끼는 것을 보면 자연의 봄은 나와 상관없이 성큼성큼 오고 있는 것 같습니다.

비바람을 헤치며 집으로 돌아가는 도중 겨울을 뜯어먹고 겨울을 양분 삼아 태어나는 것이 봄인 것은 아닐까? 하는 생각이 갑자기 들었습니다.

그렇게 나는 지금 오고 있는 이 봄을 절정의 교미를 끝낸 후 수컷을 잡아먹는 암 사마귀에 비유해보기도 하고 잉태되면 제 어미를 양분 삼아 파먹고 세상에 나오는 거미에 비유해본 오늘이었습니다.

어쩌면 내가 봄을 너무 잔인하게 보고 있는 것일지도 모르지만, 그 생각은 점점 더 뚜렷하게 다가와 봄은 하나의 독립된 계절이 아니라 계절을 잉태하고 길을 열어주는 산도産道에 불과한 것은 아닐까 하는 생각에까지 이르게 되었습니다.

그래요, 어쩌면 봄은 계절이 아닐지도 모릅니다. 그저 겨울과 내밀內密하게 교미를 하여 지나온 계절을 파먹고 새로운 계절을 잉태시키는 것일 뿐, 봄을 하나의 독립된 계절이라 부르는 것은 마땅치 않을지도 모릅니다.

피어오르며 성장하는 여름, 완숙하게 스스로를 가꾸고 나서 막바지 제 몸을 불사르는 가을, 아무 미련 없이 다 벗어내고 하얗게 죽어가는 겨울만이 정작 계절이라 불리어야 합당할 것 같습니다.

절정의 교미 후에 새로 태어날 생명의 양분으로 지아비를 뜯어먹는 암 사마귀처럼, 제 어미의 살을 파먹고 성장하는 거미처럼, 겨울에 슬쩍슬쩍 산들바람으로 파고들어 유혹해 조금씩 침몰시키고 시침을 뚝 뗀 채 수줍은 새색시처럼 피어나는 풍경이 봄인 것도 같습니다.

그런 처절한 죽음으로 아름다움이 열릴 수 있다는 것을 알려주듯 지쳐버린 겨울을 야금야금 소멸시킨 잔인함의 비밀을 감춘 채 화사한 수줍음으로 드디어는 오고 있는 봄입니다. 그것이 촉촉이 대지를 적시는 봄비를 보면서 지금 내가 느끼고 있는 봄의 내용인 것 같습니다.

그러나 내 마음의 내용이 어떻든 이 봄을 나 혼자 부정否定하기만 할 수는 없으니 나도 두 눈 딱 감고 지난날의 내 허구와 거짓에 대해 사마귀처럼 뜯어먹고 지난 부끄러움과 초라함을 거미처럼 파먹어, 남은 날에는 "다시 소망"과 "다시 그리움"이 한 뼘이라도 돋아나 푸르고 울창한 삶으로 풍성하게 만들어 갈 수 있는 것이라면 나도 지금 남들처럼 설레며 이 봄을 바라볼 수 있는 유일한 위안을 얻을 수 있을 것도 같습니다.

그런 마음에 지금 오고 있는 봄이 미워서 너무 미워서 오늘은 이 봄을 비난하는 글이라도 그대에게 몇 자 남기지 않고서는 견딜 수 없었나 봅니다.

아아, 밉습니다.

나 홀로 남겨두고 먼저 이 세상을 떠나버린 친구들도 밉고, 죽음이 닥칠 때까지 내가 사랑해야만 하는 사람도 미워지고 그래서 이 봄을 미워하게 되는 마음을 어쩔 수 없는 나는, 내가 너무 밉습니다.

장미薔薇

햇살이 더 뜨거워야지
아직은 더 영글어야지
망울이 잉잉 익어 제 옷을 뜯으며 터져져야지

나는 알지
살살 어둠에서만 조금씩 네 몸을 키우며 사근거리다가
어느 날 느닷없이 정분내자고 네 몸을 환히 보여주는 걸

기다리기 지루해
내 꼬치 조그마할 때 궁금하던 가시나 알몸처럼
네가 화들짝 드러내는 몸을 나는 보고 싶어
밤새 촉촉한 채로 흔들리는 네 몸을 쓰다듬다가
앙칼진 가시에 찔려 쓰라린 아픔도 너로 하여서 가지고 싶어

아, 너를 꺾어 손에 쥐었을 때 그 파릇함
네 몸을 쓰다듬으며 한 잎씩 내 입술에 대었을 때 그 싱그러움
내 손마디에 네 몸과 같은 붉은 피 한 방울 맺히는 그 아릿한 아픔

어쩌지
햇살 밝은 오월이래
너 때문에 나는 어쩌지

오월도 간다

창창한 하늘
어쩌랴
내겐 눈부실 일 하나 없는데

때로 죽을 마냥 엎어진 마음
참말 못 견뎌
바람 앞에 비 앞에 거적처럼 널어두기도 했지

이리 빛 드는 오월의 끝에서 꽃은 더 벙긋벙긋
어쩌랴
나는 꽃만 보고 있으랴
눈부신 햇살이나 무심히 쳐다보고 있으랴

북극성 北極星

밤이 여울도록 물결은 바람에 흔들리고
좌르좌르 차르르 밤바다는 우는데
거센 파도 위에 떠 있는
저 별 하나

어쩌란 말이냐
생의 바다에 떠다니는 중에도 그리움은 섬처럼 박혀
보고파 보고 싶어
어둠이 덮인 바다에 엎어져
소망 마지막처럼 나도 흐득흐득 흐드득

밤이 여울도록 돌아갈 집을 찾지 못해
끼르끼르 끼루욱 바닷새는 우는데
새까만 바다 위로 빛나는
저 하나 별

어쩌란 말이냐
소망이 드리워진 가슴에 팔딱팔딱 뛰는 그리움 땜에
눈물만 파도처럼 솟구쳐 올라
죽고파 죽고 싶어
사랑 마지막처럼 나도 흐득흐득 흐드득

아아, 어쩌라고
이다지 출렁이는 물 위에서도
도무지 움쩍 않는
저 하나 붙박이별을

밤새

산기슭에 바람은 그저 오고 갈 뿐인데
긴 시름을 삼켜 추워진 샘물에 몸서리치는 낙엽
홀로 정드는 별빛에 외로움을 앓고 서 있는 나뭇가지엔
마르지 않는 울음소리로 밤새 울어주는 밤새가 왔네

어이하나
지나는 바람이 이랬던 별빛 젖는 나무야 저랬든
저 혼자서만 목메는 사랑인 양
밤새 울며 보채는 저 밤새는 불쌍해 어이할까

까닭 없을 설움이 어드메 있을까나
날이면 날마다 홀로 우는 마음이니
너도 그와 같아 넘쳐나는 울음이겠거니

하긴 내게도 있느니
물밀듯이 밀려와 터치는 그리움에
바람 부는 창밖만 보아도 눈시울이 적셔지고
캄캄 어둠에 눈물 글썽이는 아픔이 내게도 있느니

죽어서도 시듦 없을 사랑이래면서도
꿈길에서나 입 맞추고 보듬는 슬픔이래니

아아, 새야, 새야
나도 너처럼 밤새 우는소리라도 내볼 수 있었으면

5

푸른 그 하나 外 8

푸른 그 하나

그리움이라거나 외로움이라거나
슬프거나 아픈 것으로
꽃이 피는 것이 아니다
혹은
그럴지도 모르지만

하얗거나 노랑이거나 분홍빛이거나 보라색이거나 검붉은 핏빛
이거나
꽃은 모두 푸른 잎에서 피어오른다

그렇다
나는 네게
너는 내게
단지 푸른, 그렇게 푸른 그 하나면 된다

사랑의 어둠

거리에서 건널목 신호를 기다리다가 앞에 선 여인의 뒷모습에서 흘러내리는 부드러운 곡선, 너를 그리는 그리움은 스멀스멀 번지는 어둠처럼 그렇게 덮어왔다.

등고선을 하나씩 그려가며 사랑의 길을 함께 걸어 오르던 아직 그러한 그리움으로 살아있는 나는, 몇 번이고 너를 사랑했지만 몇 번이고 다시 나는 쓰러지고 날카로운 유리 끝이 핏줄을 긁어내는 것 같은 모진 이 사랑을 거절하고 싶다. 눈시울을 적시는 것만으로 너를 견디어내는 그 깊은 설움을 다 풀어내지 못하기 때문이다.

너와 나의 사랑은 유리같이 투명한 사랑의 원圓과 유리같이 경직되어 있는 사랑의 원이 맞부딪치면서 깨어지는 파편의 불꽃만이 유일한 구원인지 모른다. 그러나 서로 부딪쳐 깨어져야 할 너는 지금 어디 있는가.

거리에서 지나치는 아무 관계도 없는 낯선 여인의 등 자락에서 너를 그려보아야 하는 나는, 그래도 생生의 마지막까지 살아있어야 하는 사랑을 위해 어둠을 가르며 달려오는 자동차 불빛을 향해 불나방처럼 뛰어들어서라도 이젠 살아있는 것마저 그만 거절하고 싶다.

매미

나는 들었다
강렬한 빛이 쏘아 와
지상의 모래알마저 버석버석 서로 밀며 그늘을 찾아 몸을 숨기
고 싶을 때
사이렌처럼 왠왠 울려오는 소리를
미안미안미안
미안미안미안

아무런 상처도 보이지 않고 온전한 그대로 죽기 위하여
내부의 짙은 공허空虛로 울려 낸
청량한 공명共鳴
미안미안미안
미안미안미안

긴 세월 사랑의 삶을 지니고도 짧은 생애가 너무 미안해
미안한 것만으로도 죽어가는 목숨이
쟁하고 하늘이 부서지게 울어댄다

내가 사랑하는 이여
나를 사랑하는 이여
미안미안미안

미안미안미안

황혼의 새

하늘로 날아오른 새가 얼마 뒤
보이지 않는 것을 보면
새는 지상의 모든 경계선을 넘어
눈이 닿지 않는 곳까지 날아간다는 것을 알 수 있다

종래 제 몸을 묻어야 하는 지상地上에서 태어났지만
목숨이 다할 때까지 날개를 펴는 족속으로
높이를 가늠하지 않고
그저
솟아오름으로 자유로워지는 새

하늘이 빛과 어둠으로 섞이며 너울댈 때
왜 새의 날개가 물빛처럼 반짝였는지 알 수 없지만
내 시선視線의 애잔함 때문에
더 멀리
새는 날아가 버렸을지도 모를 일이다

지는 노을에 쓸쓸함은 번지고
새가 날아오른 빈자리에 떨어져 있는 깃털 하나가
내 슬픈 눈망울에 걸렸지만
아직은 열려있는 하늘

그 위안慰安만으로도

나는 잃어버린 날들의 체념을 술술 삼켰다

사랑의 여로旅路

어느 날 누군가에 대하여 짜르르 울림이 생기고 의식의 심층구조에서부터 변혁이 일어나면서 일상이 흔들리게 되면, 그러면 사랑이다. 사랑이 찾아온 것이다.

사랑이 찾아와 향처럼 번지면 사랑에 스스로 충실해져 진실이 무엇이든 간에 오직 따르고만 싶어지는 헌신獻身이 일어나게 되고 사랑을 위하여 무엇이든 주워 담고 또 베푸는 것을 마다하지 않게 된다.

사랑이 오기 전에 있었던 즐거웠던 어떤 시간도 사랑이 온 이후에는 별로 의미가 없어진다. 그 무엇과도 비교할 수 없는 절대의 감정이 바로 사랑이기 때문이다.

사랑은 우연처럼 오지만 사람의 삶에서 사랑이란 더할 수 없이 아름다운 것이어서 사랑이 시작되면 사랑은 사람의 일생을 통틀어서 다시없을 절대적 의미가 된다.

죽어서 다시 태어나도 똑같은 감동感動으로 마주할 것만 같은 그런 사랑은 사랑에 빠져있는 동안 조금씩 거역할 길이 없는 생명의 물이 되어버리고, 실지로 한 생애의 모든 전모全貌를 다 비추어줄 것 같은 불꽃으로 환해지면서 오직 사랑을 믿음으로써 이제까지의 삶과 미래를 바라보는 삶이 더 확장되어 보이게 한다.

설혹 현재의 이 세계에서는 이미 사랑이 결코 영원할 수 없는 것이 되어버렸다고 해도 누군가를 사랑하게 되면 마음에 구심점

이 생겨 세상을 한층 더 배우고 더 깊이 체득할 수 있게 되는 것이
다.

건조하고 각박한 이 세상에서 이렇게나 촉촉한 위안과 따스함
과 뽀송뽀송한 미래를 꿈꾸게 해주는 축복 같은 사랑이라니…. 그
리하여 아무리 추워도 외롭지 않고 많은 것이 부족할지라도 모든
것을 아름답게 생각하는 마음을 가지게 하여 사랑은 인생의 거의
모든 주체가 되어 차츰차츰 삶의 전반을 지배하게 된다.
사랑. 인생의 삶에 있어서 모든 것을 이끌어가는 것이 사랑이지
만 사랑이란 본디 참으로 착하고 여린 것이다. 사랑의 속성이 연
약한 감성이기 때문에 선善한 마음으로 사랑을 품는 것이 가능할
수 있었던 것이다. 그래서 사랑은 그저 사랑만으로 사랑인 것이다.

그러나 세상의 모든 것이 그렇듯이 연약한 것들은 어느 때고 흔
들리기 마련이라 어느 날 서로 사랑을 주고받음에 연착延着이나
지연遲延이 일어나거나, 어쩔 수 없는 풍파로 현격한 변화가 와서
개인이 가진 능력과 여유로는 안정된 생활이 힘들 만큼 삶이 흔들
리게 되면, 사랑의 이해와 용납은 과민한 불안에 자리를 내어주고
사랑의 염려와 연민은 오히려 곤혹스러운 가시가 되어 심장을 찔
러오게 된다.
참으로 어처구니없는 일이긴 하지만, 환경이 변했다는 것으로

도 사랑이 사랑의 자리만 남겨둔 채 점차 이탈해버려 점차 사랑은 외롭고 어두운 침묵과 동일해져가고 사랑한 모든 것이 오히려 비극처럼 다가와 그렇게나 따스하던 사랑이 통한痛恨의 아픔으로 변하게 되는 사랑이 되기도 한다.

그런 괴로움을 거치면서 지나온 모든 것이 세세히 보이는 지경에 이르게 되면 그제야 이 세상에서 삶을 영위하는 사람의 사랑이 어때야 하는 것인지 무엇인지에 비로소 눈을 뜨게 되는 것이고, 그렇게 외롭고 괴로운 시간들이 애처롭게 수없이 쌓이고 나서야, 열정으로 태웠던 사랑도 극심한 고절감孤節感을 주는 사랑도 실은 모두 사회적 평안에서부터 비롯되고 유지할 수 있는 것이라는 것을 알게 되는…. 그것이 지금 이 시대의 사랑이 가진 엄연한 현실이다.

아아, 사랑이, 그 절대적이라 믿었던 사랑이 겨우 고것밖에 안 되는 것이라니…. 실로 사랑이 일생의 전부라 믿어 온 사람으로서는 통곡할 충격이 아닐 수 없다.

마치 쪽빛 물을 들인 천이 푸른 하늘가에 눈부시게 펄럭이다가 갑자기 몰려온 비바람에 떨어져 구석에 처박혀 있는 것 같이, 그렇게 온 마음을 다해 사랑해 온 시간들에 눈시울이 따끔따끔해지고 목의 울대가 경직되면서 싸해진다. 지나온 사랑의 세월이 온통 진흙탕이 되어 제 인생의 한 귀퉁이에 아무렇게나 뒹굴고 있는 그런 세월을 겪고 난 후에도 사랑이라 할 수 있는 사람이 지금 이 세상에 아직도 있을 수 있을까?

그러나 그랬다, 참으로 사랑했고 미련스럽게도 오랫동안 사랑을 의지하며 오직 사랑으로 살아내 왔다. 사랑했으므로 살아내 올 수 있었던 것 같고 사랑하는 마음 하나로 이 험한 세상을 버티어 낼 수 있었던 것 같다. 이제 와 새삼 그러한 사랑에 집착이나 회환悔恨은 없겠으나 그러나 일생을 다 바쳐 온 사랑의 끈마저 놓아버리기에는 한 생애를 관통해왔던 그 애정과 소망, 그토록 아팠던 절망이 너무나 안쓰러워서 결코 쉽지가 않다.

몸과 마음을 다 바쳐 오래오래 사랑했어도 익숙해지지 않고 익숙할 수도 없어 결코 완숙해지지 않는 사랑.
결국 사랑의 시작은 신神의 영역이었을지 모르나 사랑의 완성은 철저하게 사랑하는 당사자 각자의 몫으로 남겨져 있음을 깨우친다.
세상의 풍파에서 사랑을 버티어 온 시간도 결국은 사랑의 한 부분이 끊어지지 않고 이어져 옴으로써 있어 준 것은 아니었을까. 모순인지 모르겠지만 돌이켜보면 예쁜 사랑도 사랑이고 서러운 사랑도 사랑이고 못난 사랑도 사랑이었음에 틀림없을 것이다.

그렇게 우리는 찬란한 아침과 밝은 낮, 인고忍苦의 저녁을 거쳐 묵시默視의 밤에 들어서고 나서야 진정 사람의 사랑이 어떤 것인지 어렴풋한 느낌으로 막연하게 알게 되는 것 같다.

그러나 이제 와서는 이미 저무는 세월이다. 이만큼의 세월을 다하고 이제 겨우 조금 남아있는 여분의 생으로는 다른 새로운 사랑을 기대할 수도 없고 어차피 다시 사랑을 시작할 수도 없으니, 그저 낙오된 사랑의 파편 조각이라도 주섬주섬 모아 더 멀어지지도 더 벗어나지도 않는 사랑으로 바라보며 지켜주는 것이 지금 세월에 할 수 있는 유일한 사랑이라고 생각한다.

뼈저리게 폭우를 맞고 아무것도 말이 되지 않는 축축한 적막이 온몸과 마음을 감싸면 오히려 소름 돋는 외로움이 마치 오랜 벗처럼 친밀하게 다가와 감싸주듯이, 기나긴 세월을 사랑에 다 탕진해버린 후에야 아무것도 바라는 것 없는 한 줄기 가난한 넋으로 다소곳 마음을 모으는 낮은 저음低音의 사랑으로 남은 생을 동행해주겠다는 사랑을 떠올리는 것이다.

그래, 사랑 외에는 그 어떤 것도 사랑을 치유할 수는 없는 것이니 설혹 누더기가 된 사랑일지라도 후회나 여한마저도 끝까지 사랑 하나로 통일시켜버리고 마는 것이 결국 사랑인 걸까.

열정도 아픔도 모두 무관할 만치 걸러지고 걸러진 다음 사랑의 은혜와 부채조차도 스스로 모두 탕감해버린 후에 군더더기마저 잘라낸 짤막한 영혼으로 이제까지 사랑해 왔던 마음 하나만으로 제 사랑을 지켜보는 의지만 남게 되는 것이 마지막 사랑인 걸까.

한 생애 동안 온 마음을 다해 사랑하고서도 이후 목숨이 끝나는 날까지 조각난 사랑을 품고 가겠다는 것이 한 인간의 일생으로서는 가장 불쌍하고 가혹한 일인지도 모르겠지만, 그러나 아무 부담 없이 훌훌 털어버릴 수 있는 그런 가벼운 사랑밖에 할 수 없는 인생이었다면 아마 나는 내 지나온 모든 삶이 더 원통해서 산기슭의 바위에라도 머리를 부딪쳐가며 죽어버리고 말 것이다.

이 세상에 한 인간으로 그것도 멀쩡한 사내로 태어나서 가슴에 못 박혀 피 흘리는 사랑 하나 간직하지 않고 어떻게 이 세상을 사랑으로 그리움으로 삶의 간절함으로 걸어왔다 할 수 있단 말인가.

결국 사랑한 것이 죄罪는 아니었지만 사랑한 벌罰이라도 받겠다는 체념의 판결을 스스로에게 내리게 되는 쓸쓸한 사랑이 되고 말았지만, 어쨌거나 사랑에는 아무런 죄가 없다.

마음을 다해 사랑한 자도 끝내 사랑을 지키려는 자도 역시 결코 죄인은 아닐 것이다. 그저 사랑하는 자의 인생에서 가장 빛나던 때가 서로 사랑할 때였으니 지금의 사랑이 어떠하든 그 사랑을 끝

내 감당하고 지켜내는 것이 이 세상을 사랑으로 살아내는 한 사람
이 오롯이 지켜내야 하는 필생의 업業인가 보다.

　누구 없습니까?
　누구 없습니까?
　남아있는 열기熱氣에 가슴을 볶다가
　누워버리는 외로운 물질

　멀리 밤하늘의 별처럼
　몇 가지 약속은 남아 가슴에 박혀
　다시 살아서
　나 같은 것 무효가 되고 마는 허망에 이르고 싶지 않아

　아닙니다
　지금은 아닙니다
　아직은 아닙니다

아직 그리고 이제

미처 오지 않은 계절을 때 이르게 부르고 남은 계절은 냅다 밀어내는 오라오라 손짓과 가라가라 마음이 이리 왔다 저리 갔다 시소를 타는 듯합니다.

아직 남은 계절을 연인을 등져 보내는 변절처럼 밀어내지 마십시오. 떠나는 것도 마음이 아픈데 파랗게 질리잖아요. 미처 다 오지 않은 계절을 마치 겁탈하려는 것처럼 끌어당기지 마십시오. 한 걸음 한 걸음씩 오려는데 놀래어 머뭇거리잖아요.

초저녁 어둠이 내려앉을 때 강 건너 둑에 그리운 이 있어 작은 거룻배라도 훌쩍 올라타고 부지런히 저어가면 금시 다가갈 것도 같은데 가는 도중 속절없이 캄캄해져 어둠에 흘러 영영 잃을까 두려워서 선뜻 건너지도 못하는 어려운 마음입니다.

「아직은」이라 하고 또 「이제는」이라고도 합니다.

덜컥덜컥 내려앉다가 통글통글 튀어 오르는 시소 주위를 맴돌며 아무런 시간을 확정 짓지 못하고 있는 사이, 아직 그리고 이제… 나는 지금 그저 그렇게 그대를 생각하고 있을 뿐입니다.

덧 미움

아픈 것으로 하자면야 오래도록 깊어 온 병病
새삼스러울 리 없건만은
나는 늘 새순 나듯 새록새록 아픔이 오네
사랑이야
기쁨이기도 하고 아픔이기도 하단 걸 알았다면서
사랑으로 사는 일이
아프고 아픈 중에 참말로 아픈 건지는 왜 몰랐다는지

사랑으로만 하자면야
저 하늘이 아무리 캄캄해도
밤하늘 별빛같이 반짝이는 너를 떠올릴 밖엔
나는 모른다
아무것도 모르는 것이라 할 테고
사는 것으로만 하자면야
긴 세월 섥어도 아직 샘솟는 소망이 있으니
누가 뭐래도
나는 그렇게 살아내는 거란다 할 테다 만은

굴절된 사랑을 안고
죽을 것처럼 세상을 살아낸다는 게
아프고 아픈 중에 이만큼이나 아픈 거였다면

사랑이든 사는 일이든
둘 중에 하나만 해야 했었을 것을

그래, 아픈 것이야
오래도록 지녀온 병이니 그러려니 한다 해도
이제는 미워
너무 미워
자글자글 끓으며 덮쳐오는 미움
이 덧 미움을 어떻게 해야 하는지

노을을 보면

노을이 붉은빛을 띠고 있는 것은
제 몸으로 제 몸을 지워가는 슬픔과 아픔을 물고
엷은 빛으로 산화散華해 가는 때문이다

바라보라,
캄캄한 어둠에 앞서 흔들리는 핏빛으로 얼룩진
저 노을을
빛이 무너지기 직전 내가 본 것은
말을 잃고 웃음이 지워져버린 사랑하는 이의 착한
슬픔이다
잘못한 기억은 사진처럼 선명하고
잘해준 기억은 아무것도 나지 않는다

슬픔을 덜어주지 못하고
아픔을 안아주지 못하고
겹쳐 얹어오기만 해온 고뇌苦惱와 고역苦役으로
너는 얼마나 슬픈 것인지
너는 얼마나 아파하고 있는지

점차 어둠 속으로 들어가면서도
머물렀던 빛의 흔적을 남김없이 거두는 노을을 보면

너를 안쓰러워하는 내 마음마저도

너는 침묵으로 덮으려고 결심한 것에 틀림없다

노을을 보면 슬프다

사람을 사랑하는 것처럼 아프다

무섬증

어쩌랴
네 죄罪를 물을 순 없다
사랑 없이는 세상살이 모두가 죽음인 한 사람이
사람의 사랑 따위는 아무것도 아닌 이 세상에서
오래도록 사랑이라 품어온 일

사람이 비껴진 날로부터
마음의 방 텅 비워지고
컥컥 설움 북받치게 올랐을 때
사랑도 함께 놓아버렸으면
사랑만은 아름다웠다 변명이나 남았을 것을

어쩌랴
생生목숨이던 사랑
이제라도 차가운 무덤에 묻어
이 세상에 사무칠 사랑도 미워할 사람도 없어야
조금은 내가 덜 미워지겠다

이젠 사랑
그 생각을 하면 고단함으로 눈시울에 얼룩이 지고
이젠 사람

그 생각만 하면 저릿한 무서움에 내 눈물마저 춥다

6

그래도 너를 용서해야 하는 外 8

그래도 너를 용서해야 하는

두 눈을 꼭 감고 있었어도 바람은 쉬지 않고 불었지 네가 힘들지 않을까 너무 아파하지 않을까 노심초사하면서 너 하나만큼은 제발 흔들리지 말고 살아주기 바랐던 마음을 너는 알고 있을까

같은 것에 부딪쳐 같이 아파하면서도 같은 의미로 나누지 못해 마치 마지막 날처럼 아무렇게 던져져 홀로 그리워하던 그 많은 기억이 내게 바늘처럼 꽂혀 얼마나 큰 생生의 고통으로 잠복하고 있는지 모르는 너를, 그래도 평생 너를 사랑하며 용서하며 살아야 하는 나를 용서하지 못한 채 나는 내 생애에 과연 무엇을 이루려 했던 것일까

이다음 날에 그때는 사랑이 얼마나 소중한지 몰랐다며 후회하고 내 아픔을 기억해낼 너를 위해서 오늘은 아무것도 채우지 못한 내 생의 빈 목숨이라도 들이켜 마지막 날을 만나보고 싶다

운명運命

거룩한 보람까진 아니어도 좋다
손 모아 빌어온 모두
별처럼 쏟아져 오지 않아도 좋다

산다는 것이 생목숨 들어 바치는 일과 다를 바 없었는데
질척질척 진창길에서도 화심火心은 타올라 번졌는데
몇 번 그 몇 번 고매 깜박 죽을 만큼
미칠 듯 솟구치며 살았는데

애초에 바라옴과는 연분 한 줄 없던
짓궂은 그것
짐짓 여기쯤에선 보고 싶어

누구도 알지 못할 게라
뾰족한 돌에 찍혀 구르기만 해 온
내 삶, 내 운명
진실로 이건 아니었으리 만은
오직 내게 주어져 온 나 하나만의 그릇된 신화神話

바라는 것을 좇으며 살아온 날이
운명이란 놈이 그어준 길과 하등 진배없을진대

아무래도 이젠

지나온 날이 남은 날을 둘러 안은 아픔을 끝으로

조금조금 숨겨가야 하는 건가 봐

몸을 던지던 결의도 안으로 말아 넣고

잘라내던 소망에 해답도 없어

바람 앞 촛불같이

쓸쓸히 앓다 맥없이 사그라져가는

남은 생애엔 이런 슬픔은 더는 만나지 않고 싶단다

왜 사냐 물으면

누가 어찌 사냐 물으면
아프게 살아요
슬픔에 젖어 살아요
그러니까 언제나 먼저 기다리고 있는 고난에 휘어져
아픔과 슬픔에 묻혀 산대요

아픔에 시달리고
슬픔으로 견뎠으나
여태까지 거기 머물러있어
그 외엔 남길 것도 하나 없고

그래도 살아 있어주는 그 하나뿐인 거지요
그 힘으로 사는 거래요
살아생전 아픔은 숨겨두고
죽더라도 슬픔은 삼키면서
풀지 못한 답답한 사연일랑 모두 용서해가며

넉넉히 아프고 슬펐으니
이미 충분히 낡아졌으니
이만하면 되었다 웃고 말지요
그리하여

허름하고 헐렁한 채 익숙해지기

누가 왜 사냐 다시 물으면
나는 땡볕 세례 비 세례 다 받았다네요
어느 낮 어느 밤 할 것 없이
속없는 지푸라기로
두 팔 벌린 허수아비로 그렇게 사는 거라고

삶의 갈피마다 아직 스며드는 비

희끗희끗 별빛이 맥없이 물러나고
어느 때처럼
축축한 침묵이 또 곁에 와 머무는 밤
울컥 외로움에 혼자처럼 혼자서 듣고 있는 이상한 빗소리
담장 밑에 고개 수그린 꽃이
물 젖은 어둠을 뒤척이고 있나 보다

하긴, 마른 날에는 너도 슬퍼할 기력조차 없었겠지
실뿌리 한 가닥 땅속으로 남겨놓았던 참혹함이
이제야 터져 나오고 있는 게지
그래, 아마도
가만가만 울음소리는 게서 들려오고 있는 게야

줄기줄기 내리는 비가 속속들이 외로움을 깨워
숨 막히는 슬픔을 조용히 감당해내고 있는 이 밤

가시넝쿨에 마음을 가두는 날을 숱하게 견뎌오고서도
아직도 삶의 갈피마다 뭉텅뭉텅 그리워지는 사람이여
아무래도 참말
내 섭섭함은 철없이 온통 물 범벅으로 채워져 있는 것 같아

사랑하지 마라

산이 있어 그저 산에 오르는 것처럼 사랑을 지속할 수 없고 그리움을 내내 품고 있을 아무런 이유가 없어도 사랑이 있으니 사랑을 멈추지 못하는 것이 사람의 사랑이라는 것인지도 모른다.

"사랑하지 마라!" 오늘 아침 찬바람 속을 걸어 나오는 중에 앞에서 갑자기 날아올라 나뭇가지 위에서 '깍 까악' 울어대는 까치를 보다가 문득 입에서 그런 말이 튀어나왔다.

"사랑하지 마라!" 얼마나 "사랑하지 마라!"라는 그 말이 이 가슴에 사무쳐 있었으면 저와 상관없이 걸어가는 내 발걸음에 저 혼자 놀랬다고 파드득 날아올라 울어대는 까치에게 아무것도 아닌 것에 그렇게 놀래려거든 아무 일도 아닌 것에 그렇게 울지 않으면 못 견디겠거든 "그러려거든 차라리 사랑하지 마라!"는 말이 튀어나오고 말았을까.

"사랑하지 마라! 그래, 제발 더는 사랑하지 마라!" 얼마나 하늘이 울리도록 소리치고 싶었으면 그랬을까. 죽어도 괜찮다 했을 만큼 평생 목숨이라던 사람의 사랑이 얼마나 괴로웠으면 발 앞에서 후드득 날아오르며 저 혼자 깍깍대는 까치 한 마리 몸짓과 소리에 조차 "사랑하지 마라! 이젠 제발 더는 사람을 사랑하지 마라!"라며 걷던 걸음을 멈추고 입술을 깨물어야 했을까.

목숨같이 사랑해서 이제토록 함께 해 온 사람의 사랑이라는 것
이 정말 참말인 평생의 진실眞實이었건 아니면 단지 즐겁고 행복
했던 어느 한 시절의 사실事實에 지나지 않는 것이었건 그 모두 다
누구의 탓도 아닌 온통 사랑만으로 살아온 내 탓인걸. 단지 한 시
절에 존재했던 한때 사실로의 사랑을 목숨처럼 지켜가는 평생의
진실로의 사랑인 줄 착각해 온 어리석음 때문인걸.

그만치나 견디며 살아온 지금도 사랑에는 미련함뿐이라서 아
침길에 느닷없이 날아올라 깍깍거리는, 겨우 까치 한 마리에 "그
래, 그러니 사랑하지 마라! 제발 더는 사랑하지 마라!"면서 걷던 걸
음을 멈추고 시린 가슴으로 입술을 물고 눈물을 글썽여야 하는지.

마지막 유언遺言으로 "사람의 사랑이란 순간 찍히는 사진같이
단지 한때의 사실에 지나지 않을 뿐, 참말 변치 않는 진실이라고
는 절대로 생각지도 믿지도 마라!"라고 단단히 자식에게 다짐 받
아놓고 싶을 만큼 그렇게 가슴에 못처럼 박혀있는데.
허나 그런들 어찌하랴, 저기 산이 있어 산에 올라가는 사람처럼
나는 아직도 사랑의 그리움 때문으로 살아가고 있는걸.

아침 길에 울어대던 까치의 깍깍! 소리가 온종일 가슴에 세세히
박혀 "사랑하지 마라! 이제 더는 사랑하지 마라!"며 종일토록 되

뇌고 있는 그런 내가 나는 불쌍해서 어찌하랴, 어찌하랴.

"아아, 그러려거든 사랑하지 마라! 그래, 이제 제발 더는 사랑하지 마라!"

풀잎 쓰러지는 밤에

누가 나를 잊는가 보다
누가 나를 버리는가 보다
찬 밤이슬에 풀잎들이 그러한 사연쯤으로
하나둘씩 엎어져
순히 외로움을 다스리지 못하고
솟구치는 그리움에 막무가내 흐느끼는 밤

이제서라
풀잎처럼 잊혀진들 어찌하랴
풀잎처럼 버려진들 또 어찌하랴
네가 곁에 없어 스미는 외로움에
아무리 칠흑 같은 어둠이란대도
아직은
배꽃 같은 하얀 그리움으로 다시 피어날 날을 기다리는
견딤의 원願은 남아 있으려니

네가 그리워

어쩌면 내 외로움만큼이나 깊을 네 외로움이지

지금쯤 너도
나와 같이 기울어가는 하늘을 바라보며
벙어리 가슴으로 또 하루를 외롭게 서 있을지 모르는데
낮이 두고 간 바람에 흔들리는
저 나뭇잎 하나에 그리움을 매달아 두고
울먹울먹 가슴을 다독이며
서로 모르는 사람마냥 살아내고 있는
이 기막힌 하루

석양에 눈이 멎어 다리가 저리도록 서 있는 기다림이
간절해
하긴 그렇겠지
어쩌면 너도 내 외로움만큼이나 깊을 네 외로움이겠지

겨워,
글썽이는 그리움에 네가 겹쳐
내가 슬퍼

생면부지 마음 하나

어둠이 내려앉는 길로 불을 밝히는 차들이 앞서거니 뒤서거니 저마다 바쁘다 부산스러운데 빽빽하게 밀리는 도로를 한 치 여유도 주지 않으려 차 앞머리를 들이밀고 있는 내 마음은 공연히 조급증이 나 갑갑해지고 뭔지 모를 수심이 가득 낀 것 같이 어스름 저녁보다 더 어두워집니다.

차들로 가득한 도로에서 밀고 밀리며 겨우겨우 움직이다가 자꾸 답답해오는 갑갑증에 더는 차 안에 있을 수가 없어 도로변 눈에 띄는 주차장에 천천히 차를 넣어놓고 무작정 바람을 맞고 싶어 터벅터벅 걸어 천호대교 위에 섰습니다.

살아가면서 살아가는 일로 마음은 하냥 바쁘기만 한데 발을 붙이고 있는 몸뚱이는 이리 밀리고 저리 밀리는 자동차들 마냥 길을 찾아가지 못하고 신호등 하나 없이 온갖 상념이 뒤엉켜있는 머리와 가슴은 혼잡해서 그런지 눈에 보이는 한강 물이 마치 꾸득꾸득한 검은 모르타르가 뒤엉켜 흐르는 것 같습니다.

이 다리에서 얼마만큼의 숫자를 세며 날면 저 강물에 닿게 되는 것일까? 내가 살아왔던 날들과 앞으로도 내가 살아내야 하는 날을 세어보듯 하나, 둘, 셋, ⋯ 그렇게 숫자를 헤아리며 강물을 내려다보니 다리 위에서 보이는 강물은 숫자를 헤아려 볼 여유도 없이 손

을 내리뻗으면 손가락 사이로 찰랑거릴 것 같이 아주 가깝게 여겨
집니다.

이 세상을 살아가다가 어느 날 갑자기 이 강물에 뛰어들어 세상
을 떠나야 했던 사람들, 왜 그들은 날개도 없는 인간의 몸으로 새
처럼 날아 저 강물로 뛰어들어야 했는지 아주 조금은 느낄 것 같은
마음으로 한강 물을 내려보니 다리를 딛고 서 있는 내 두 다리가
마치 허공을 딛고 있는 것처럼 짜르르 저려오고 난간에 기대 있는
두 팔이 숨겨져 있는 날개를 끄집어내려는 듯 움찔움찔해 옵니다.

누군가 지나가다가 갑자기 나를 '툭' 하고 건드려 힐끔 쳐다보게
합니다.
"담배 하나 드릴까요?" 멋쩍은 웃음을 지으며 물어옵니다.

"아, 예. 담배는 저도 있습니다. 나는 괜찮습니다. 바람이 좋아서
그냥 잠시 물을 보고 있었어요. 말이 나온 김에 담배나 한 대 같이
피울까요?"

우리는 마주 보며 서로 담배를 권하다가 각자 담배에 불을 붙이
고 담배 한 대를 다 피울 때까지 한강 물을 함께 보다가 정말 싱겁
고 싱거운 세상 이야기를 낯익은 사람처럼 나누며 천호대교를 함

께 건넜습니다.

다리 건너 사거리 신호등 앞에서 멋쩍게 웃으며 길을 건너는 그를 보내고 나는 주차장에 넣어둔 차를 가져오기 위해 다시 다리를 건너며 한강 물을 한 번 더 보았습니다. 다시 바라보는 한강 물은 아까 전이나 지금이나 변함이 없었지만 어느새 상념이 사라진 내 걸음은 멈추지 않고 약간의 속도가 더해져 있었습니다.

그 사람…. 그저 단지 다리 위를 지나가는 생면부지의 사람에 불과했지만 멍하니 한강 물을 내려보고 있는 나를 툭 치며 "담배 하나 드릴까요?" 하고 물었던 그 사람은 한순간이나마 생면부지인 내게 천년지기 같은 따뜻한 마음을 가져주었을 거라는 고마움에 가슴이 따스하게 아려옵니다.

얼음처럼 차갑지도 않으면서 은근히 쌀쌀해 나직하게 겨울 몸서리를 느끼는 날씨가 이어지고 어둠마저 느슨하게 꾸물거리는 능청을 떠는 것 같아 공연히 가슴이 갑갑해져 오는 밤, 거리의 가로수들은 하늘에 떠 있는 별이나 달에게 한 조각의 빛이라도 받아 가지에 걸쳐두어야 덜 쓸쓸해 보일 것 같습니다.

나도 가로수를 '툭' 건드리며 한마디 붙여봅니다. "담배 하나 드릴까요?"

어느 저녁 날 소망

흐린 하늘에 한두 개의 별은 빛나고
밤바람은 싱그럽게 얼굴을 감싸 와
마른 영혼을 일깨우네

낯설게 휘파람
휘청대는 걸음 옮겨보니
사람 사는 세상에
온갖 설움 차분히 밀려오는데
밤바람은 그저 싱그럽고 별빛은 그저 맑구나

홀로 생각하며 고집으로 살아온 세월
끝도 없을 거라 남들은 말을 했지만
바꿀 순 없어
바꾸진 못해
언제라도 한결같은 기다림
감격, 감동하는 마음으로 살아왔는데

오늘쯤은
혹, 오늘쯤은 바람에
소망처럼 기적이 있진 않을까
기구祈求하는 마음만 애달프구나

7

사랑은 물처럼 그리움은 바람처럼 外 8

사랑은 물처럼 그리움은 바람처럼

낮은 곳을 찾아 갈라지는 틈새에 고이는 것이 흐르는 물이다 그런데 너는 솟아오르는 그리움이 균열된 가슴을 채우고 드디어는 뇌리腦裏까지 수몰시키는 그런 그리움에 젖어본 적이 있는가

날카로운 등선에 매달린 채 풍화해버린 바위가 사라진 것들에 대한 목마름에 슬픔을 기억해낸다 해도 시리게 맺힌 눈물마저 지층 밑으로 숨어들어가 화산재 같이 푸석해지고 마는 바람찬 세월

아름드리나무가 무성한 잎을 모두 벗어버리고 몸뚱이는 남아 있다 해도 숲에서 최후의 새마저 날아가지 않았더라도 다시 피어나는 것도 끝내 사라지는 것도 모두 다 아무 이유 없으므로 무모하다

이제는 그만
사랑했다는 그 하나 생각만으로
애절愛切 애살愛殺로
사랑은 물처럼 낮게 흘려보내고 그리움은 바람처럼 흘려보내야 한다

외로운 길

어둠이 틀림없이 찾아오는 것을 보면 아침의 어귀부터 밤의 그늘이 잠복하고 있었는지도 모를 일이다.

나는 기억한다,
어둠 속에서 일어나 앉아 부스스한 머리를 무릎 사이에 묻고 엷은 그을음처럼 슬픔이 퍼지던 고요함을.

그러나 이젠 잊어버렸다, 다시 돌아가는 길을.

길이 있었으므로 그 길이 언제라도 왕래할 수 있도록 열려있을 것이라는 너의 생각은 하루의 어둠마다 쌓인 고독으로 단단하게 굳어버린 내 외로움을 알지 못한 때문이고 왜 외로웠느냐고 묻는 것이 나를 고독하게 했던 너의 변명이 될 수는 없다.

사람의 외로움은 하늘에서 느닷 떨어지는 것이 아니라 사람에게서 오는 것이기 때문이다.

다시 울리는 바람 소리

이때쯤 바람이 차가워지면
무엇이든 다시 솟아오르며 간절해지는 세월
살면서
몇 차례의 바람이 어디서 시작되어 여기까지 왔는지
바람 일어나는 곳에서
혹,
그 바람을 보면서 죽어갈 수 있으면
내 마지막 눈시울에
바람 따라 날아가는 내 혼魂이 보이기는 할까

그리움은 언제 어디서든 나타나고
아무 연관 없겠지만
기다리는 문은 늘 열려있고
다시 돌아올 수 없는 지난날이 오늘과 맞닿아
쓸쓸해지는 고요
어디까지 가라앉으면 더는 너를 기다리지 않을까

하긴 살면서
사는 데 무슨 이유가 더 필요할까 이런 가혹한 뜻에
지난날이 외로움이 되어주어
드문드문 바람 사이 보이는

그리움 한 자락이 얼마나 좋은가 하는

가상한 위로慰勞

다시 살아볼 수도 없는 거라면

어느 날 죽음에 닿아서는 결코 실패하고 싶지는 않아

살아온 게 공연히 억울해지게

마른 나뭇가지에 걸려 떨어지는 단막단막 바람 몇 개

이때쯤 바람 소리가 들려오면

지나온 삶의 내용이 얼마나 쓸쓸한지 죄송하다

내 인생에 너무 죄송해서

지금 그냥 죽고 싶다

바람인 듯 살아야지

새의 눈으로 바라보면 세상은 언제나 하늘인데
새의 시선이 향하는 높이를 가지지 못해
조금 낮춰 비켜선 자리
거기,
풍경을 전망하듯
흘러가는 바람을 아슴푸레 바라보고 있는 혼자가 있다

바람은 모서리 진 곳에 다다라
가야 할 곳에 가지 못해 길을 잃고 무너지지만
살가운 바람은 숨어있어
숨어있는 바람이 눈에 닿아 눈물이 되고

미미한 조각에 싸어 부풀다 흩어지던 수많은 날들
사람의 바램은 참 많은 것이 비껴가는데
마지막 상처로 여긴 상흔傷痕에 처음의 아픔이 잠복해있어
끝났다 여겨지면 다시 시작되곤 하는 슬픔

굽힘 없이 살고픈 심혼心魂은 아직 남아
어두워지는 뒤안길에
아픔이라 하는 것이 늘어만 가겠는데
아무래도 나는

열병熱病 없이도 외짝 사립문처럼 늙어간댄다

바람인 양 살아야지,
바람인 듯 살아야지,

높은 가지에 앉아 깊은 생각에 잠기던 새는
외톨이로 날개를 펴는 일이 익숙한지
18킬로미터 높이 대기에서 시작된다는 바람을 좇아
다시
날아올랐다

아프다

아프다
물처럼 흘러와서는 단막단막 끊겨버리는 세월 땜에
구름 위로 번지는 노을 땜에
빛살 같은 날개를 펴고 떠나가는 새 땜에
알몸으로 홀로 아름답던 시간을 기억하는 나무 땜에
아프다
시시때때 아프다

잃어버린 시절의 그리움은 모질게 아프다
아무때나 아프다

내 그리움에 대한 소묘素描

　내가 느끼고 있는 삶의 질감質感은 끝없는 그리움이다. 그리움이란 어떤 만남을 전제로 하고 일어나야 하는 것이겠지만 누군가를 만나지 않아도 만난 듯하고 누군가와 함께 있어도 가슴속에서 자꾸 뭉클뭉클 솟아나는 그리움으로 때로는 나 자신마저 흠뻑 그리워져서 눈물을 펑펑 쏟게 되는 그런 그리움으로 나는 살아가고 싶다.

　누군가를 또는 무엇인가를 늘 그리워하며 살아가는 삶이란 어떤 면에선 참으로 회의懷疑적이기도 하겠지만 가슴속에 내재內在된 그 그리움의 시간을 견디어가며 미래의 어느 곳 그 어느 누군가에게로 지금 현재의 내가 이어지기를 바라는 그리움으로 나는 누군가에게는 늘 그리운 사람이어야 하고 또 나 스스로에게조차 항시 그리운 인간이어야 한다.

　그러나 어느 날, 아무런 감동感動도 일어나지 않고 아무것도 그리워지지 않는 날이 있다. 그런 날은 지난 시간 동안 그리움으로 만들어져 있던 공간에 이제까지의 그리움보다 더 큰 외로움이 스며들어와 마치 저 너머 다른 세상에 와 있는 것 같은 텅 빈 적막감寂寞感에 감싸이게 된다. 깊은 그리움을 가지고 있는 사람은 가장 서러운 외로움도 함께 가지게 되는 것일까.

오래 살아도 익숙할 수 없는 것이 이 세상이고 때로는 현재밖에는 아무것도 없다는 것을 극명하게 가르쳐주는 것이 이 세상의 삶이기도 해서 깊게 상처 입은 감회感悔를 고유한 혼자만의 외로움으로 견디어오다가, 어느 시절에 닿아서 살아온 모든 것이 아무것도 아닌 것으로 다가오고 지나온 모든 생生이 허무해져 다시 한번 이 세상을 살아보고 싶을 때, 가장 먼 곳도 가장 가깝게 여길 수 있는 누군가 무엇인가에 가난한 한 사람의 넋이 절실하게 의지하고 싶은 마음이 사람의 그리움이 되는 것일까.

사람의 일생이라는 것이 결국 흐르는 바람 한 자락에 지나지 않는 것이라서 빈집이나 다름없는 인생이 섭섭해지면 다시 치열하게 살고 싶어지는 마음이 일생의 그리움으로 나타나게 되는 것은 아니었을까.

하긴 세상의 어떤 아픔이나 슬픔도 그리움이라는 것과 겹쳐지면 그 대상이 사람이든 사물이든 사상思想이든 캄캄한 어둠 속에서 빛나주는 하나의 불빛이 되어주는 것 같다.

성숙되지 못한 어설픈 인간이 이 세상을 살아가다가 어디에고 정착하지 못한 채 건조해져서 모래알같이 부서져버린 영혼으로 헤매고 헤매다가 결국 어딘가에 귀의歸依하고 싶어 필연적으로 남게 되는 눈물겨운 지혜가 그리움이거나, 또는 스스로의 삶과 사랑이 가을의 낙엽처럼 허무해져서 다시 한번 재생시켜보고 싶은

몸부림이 어쩌면 사람이 가지는 그리움의 가장 정직한 본질일지
도 모를 일이다.

그래, 아무래도 좋다. 그리움이 어떻다 하든 아무래도 좋다. 내
게 있어서 내 모든 삶의 요약은 그저 그리움이라는 그 한마디면
족하다는 것을 나는 통감한다. 내 그리움이 고요히 어스름 짓는
노을에 쓸쓸함만 남아 번지는 그런 허망한 그리움이라 하고, 세상
이나 현실과 동떨어져 한 귀퉁이에 초라하게 낡아버린 외로움의
산물이 내 그리움이라고 해도 좋다.

늘 솟아나는 그리움을 간직하다가 오늘 내가 죽어도 죽은 자리
에 여명黎明처럼 고요히 남아 있어 줄 것 같은, 그리우면 그리운
것 밖에 모르는 그런 그리움을 앞으로도 내가 간직하며 살아갈 수
있다면 죽음도 아무 미련 없이 또 다른 그리움으로 가는 길이라
믿고 평안하게 죽어줄 수 있을 것 같기도 하다.

그리움. 넝쿨처럼 얽혀 우거져있지만 무엇이든지 대중화되어버
려 굳이 그 어떤 것도 아무런 것도 기억할 필요가 없어진 이 세상
이라 할지라도 나는 내 생애의 모든 그리움만큼은 내 마지막 날까
지 속절없이 무효가 되지 않고 화인火印처럼 찍혀 남아있는 그리
움이기를 오늘도 바랄 뿐이다.

그리움이 너무 짙어서 쓸쓸하다
아무리 마음을 모아 하루를 주워 담아도
돌아보지 않고 또 저물어가는 노을
내 남은 날도 차라리 너에게 얹어줄까

그래 더는 다른 마음 필요 없다
문득 네가 떠올려지면
그저 돌무덤 앞의 묵념 같은 생명으로
너를 보듯 밤하늘의 별을 바라보며

파도같이 밀려드는 오랜 그리움
흐르며 거스르며 십 년 이십 년
살아서는 허사가 된 그리움에 미안하고
죽어서는 미욱한 그리움을 놓고 갈까 미안하다

위안 慰安

견디어내는 일, 생명은 모두 견딤으로 이어져 간다. 지난 늦가을 나뭇잎이 바람에 흔들릴 때 간절했던 것은 나뭇가지에서 떨어지지 않기 위해서 떨고 있는 안간힘이 아니라 혼자 남아있을 나무를 바라보는 눈에 맺혀드는 눈물이었다. 지금은 한결 낮아진 바람으로 눈시울이 젖진 않지만 그 간절함의 풍경은 기억의 한가운데 매달려있다.

견딤으로 기다리는 것이 아름답던 날의 복원을 의미해 주는 것은 아니겠지만 마지막까지 견디어주는 것이 견딜만한 좌절이었음을 증명해주는 것이 봄에 피어나는 연약한 꽃일지도 모르겠다. 결코 너 혼자 쓸쓸히 남게 하지 않겠다는 결의가 견딤이라면 바라보는 것만으로도 사랑을 지켜가고 있는 내 생명은 아직 이어지고 있는 것이다.

부디 안녕해라

다시 너를 읽는다.

꽃은 떨어진 자리에서 다시 피어올라줄 것이지만 사람의 시간도 멈췄던 그 시간이 어느 때에 가서 다시 이어질 수 있을까.

아직 계절을 제대로 찾지 못해 헤매는 바람이 불어오면 살아온 모든 것들이 한 장면으로 단막단막 끊겼다가 이어지며 세밀하게 떠오른다.

예전과 다름없이 너를 생각하지만 예전처럼 서슴없이 너에게 달려가는 열정적인 마음에까지 이르지는 못한다.

너에게 상심傷心하는 것마저 잊어야 할 만큼 시간이 흐른 것이다. 변함없다는 마음조차 낡아지고 지쳐가는 세월이 무정해 눈물이 맺히기도 하지만 그러나 그처럼 바보스러운 것이 또 어디 있겠는가.

아름다운 추억이 있다 해도 외로움이 덮어지지 않고 지워지지도 않아 지난날의 기억으로 외로워하고 지난 시간의 내용으로 인하여 외로움을 거역할 수 없다.

이 세상에서 아직 살아가고 있다는 것은 살아온 날들을 바라보는 비극을 간직한 채 오래오래 누군가를 기다린다는 것일까. 바람

은 아직 거칠지만 그래도 봄의 꽃은 다시 피어나겠지. 설혹 피었
다 바로 지는 것이 꽃이라 해도 너는 안녕해라.

　부디 안녕해라.

그냥 살아있단다

해 질 녘 잿빛 그림자를 밟고 서 보면
누구라 외로움에 멍들지 않는 이가 있을까 만은
어쩌면
삶과 사랑에서 내 생각은 아무 소용없었는지 모르지

반생半生을 훌쩍 넘기고서도
별달리 이루어놓은 것이 없는 가책에
잠들지 못하는 밤은 자꾸만 늘어 간다는데
아직까지도 찔끔찔끔
다독이고 있는 이 사랑의 간망懇望

천지사방에 너를 위한 염원念願을 걸어두고
이따금 어두운 날엔
측은해 내 눈물이라도 함께 있어주긴 한다지만
송곳처럼 쑤셔오는 뭇 곤혹에 피멍이 들고
늘 장승처럼 서 있어야 했던 막다른 고절감孤絕感

세상살이엔 피치 못할 사정이란 게 있는 법이고
그런 것들로 인해 상처를 받는 것이 사람이라는데
사랑으로 견디어 온 세월 따위가 다 뭐라고

구김도 많은 일생一生이라
사랑도 회한悔恨으로 남게 되겠지만
어느 날은 불쑥
새순 같은 마음이 솟아나기도 하느니
그래서 살아있단다
오늘도 나는 그냥 살아있는 거란다

8

나는 알지 못하는 계절 外 8

나는 알지 못하는 계절

필사적으로 살아있어야 하는 것이다
느닷없이 온몸을 후려치는 찬바람에 목숨이 졸아든다고 해도
굳건한 냉엄함으로
흔들림이 없어야 하는 것이다
그러나 본능이 보이지 않는다

절정에 다다라보지도 못하고
언저리만 맴돌다
맹위猛威의 바람은 잃어버린 채
허공 어느 곳에서 은밀히 몸을 바꿔
수직 낙하의 작은 물방울로 트릿하게 누워버린
상식을 벗어난 무례한 겨울

이름이 가진 질감을 지켜내지 못하고
눈(雪)이 비어있는 자리에 멍청하게 비를 개입시켜
축축한 불편함으로 부축되고 있는
어설프고 애매모호한 이 겨울은
너무 모욕적이어서
나는 알지 못하는 계절이다

그냥 사는 일이라고

눈물이 마를 새 없이 울던 날에도

사랑했으니

무엇이든 용서도 할 수 있는 것이라 생각했다

바랄 것 하나 없이 마음을 비운대도

그리움은 남아 더 사랑하게 되는 사랑

부서져 낡아진대도

자꾸자꾸 자라는 게 사랑이라 하는 게지

그래, 그러자고

고이지 말고 흐르는 강물처럼 살자고

한때는 내가 너에게

둥그런 후광後光으로 빛나던 사람이었다니

네 앞에서만큼은 결코 엎어지지 않고

죽어가는 순간에도 네 눈물만큼은 보지 않겠다고

그러니 그냥 살자고

뼈저리게 아파도 은애恩愛하는 게 사랑이고

아무리 슬퍼도 살아있는 게 사랑이라고

긴 사랑에 너무 짧은 인생이라 다 알 수는 없지만

참말 사랑이라면

아름다운 기억만 품고 사는 일이라고

그냥 사는 거라고

높이의 새

흐르는 바람이 잎이 진 가지 끝에서 꺾어져
툭 떨어지면
떨어지는 바람을 밟고 새가 오르다가
오르다가
온몸으로 허공을 잡아 차며 더 높이 오른다

새와 하늘이 어떤 관계를 이루고 있는지
가지 끝이 왜 허공으로 새를 밀어내는지 알 수 없지만
높이의 높이까지 힘껏 오른 새가 부드럽게 휘어지며
멀리멀리
아득한 풍경이 되는 것을 보면
저 하늘엔 가로막은 벽이 없다는 것을 알 수 있다

날아오를 때마다 자신의 목숨을 발아래 두고 허공으로
날개를 펴는 새
그 목숨은 얼마나 외로울까 만은
하늘로 솟아오른 새는 의연해 보인다
아마 저곳은
진득하지 않고 무겁지도 않아 맑고 투명한 세상일지도
모르지

높이 오르는 새를 보면
나도 한 줄 바람을 딛고
반짝이는 햇살을 목에 걸고서
저 하늘길을 날아보고 싶다

새가 날아오른 이켠과 새가 날아가 버린 저켠 사이로
텅 빈 하늘
새가 날지 않는 하늘은 아무리 맑아도 외로워 보여서
쓸쓸한 색을 덧칠해버리고 싶다

나방의 꿈

그것은 어느 길목에서였다
나방은 환장한 듯이 날아다녔지만
넓어진 어둠에 찰나의 깜박임조차 묻혀버리던 순간
그늘처럼 떨어져
쓸쓸한 물질로 휘발揮發하지 못했다

본디 살아있는 것들은 흔들릴 때마다
제 목숨 줄을 한 가닥씩 끊어내는 것이라던데
불빛만 쫒다 더듬이만 길어진
꼬물꼬물 헛것

부서진 날개야
바람이 마저 쓸어가 버리겠지만
가슴 설레던 마음의 섬김은 놓지 못하고 뒹구는 몸
하긴,
세상에서 가장 어처구니없는 열중熱中이
기다림의 날개를 펴는 짓이겠지

꿈에도 경계가 있는지
지나온 날이 내게 적의敵意를 품었는지 알 수 없지만
아직 강경하게

잠복해있을 희박稀薄한 기억 한 조각이라도 찾아보려면
나는 무엇을 더 절단해야 하는 걸까

필사적으로 경험해 온 것이 없이
몸뚱이만 키우다
제 몸부림에 날개가 엉켜
뚝,
떨어져버린 목숨
그 목숨
나방의 꿈

사랑은 어떤 의미였을까

인간의 마음은 그 무엇인가를 발견했을 때 반짝이는 것이다. 사랑이 특히 그렇다. 살면서 스쳐가는 여러 사람들 가운데 어느 날 문득 누군가에게 어떤 울림이 가슴에 명징하게 들려오고, 비롯하여 사랑을 틔우는 모호한 의미가 스스로에게 구체화되어 다가오면 도저히 거부되지 않는 필생의 사랑 하나를 비로소 만나게 된다.

오직 살기 위해서 무거운 납덩이를 단 고무 옷을 입고 뛰어들었던 거친 바다지만 시간이 가면 갈수록 오히려 바닷물 속이 더 편안해 물질을 멈추면 더는 살아있는 것 같지 않아 계속 바닷물 속으로 자맥질을 하게 되는 해녀처럼, 사람이 필생의 사랑 하나를 만나게 되면 아무리 고단하고 괴로워도 간신히 숨을 몰아쉬면서도 스스로 사랑의 자맥질을 멈출 수 없게 되는 것이다. 사랑. 그런 사랑.

어쩌면 우주에 살아있는 모든 것들의 운명 중에서 인간이 거역할 수 없고 거절될 수 없는 숙명으로 확정되어 있는 것이 사람의 사랑인지 모르겠다. 운명처럼 다가와 사람의 숙명이 되는 사랑이란 전생前生이 빚어내는 업보業報 같은 것이었을까.

그것이 아름다움이든 또는 비극이든 투명한 얼음장 밑에 흐르는 물처럼 평생 마음속에 흐르며 생명이 끝날 때까지 헤매게 만드

는 것을 보면 몇 생生을 거쳐 짊어진 업보가 현생現生에 만나게 되
는 사랑이라고 밖에 달리 생각할 수가 없다.

사랑은 사랑 이전의 의미와 다가올 미래까지를 모두 포함하여
믿음으로써 사랑이 되는 것이겠지만, 일평생 평안해도 의외의 일
이 많아 어려움이 가득한 이 세상에서 어느 날 갑자기 환경이 불
안정하게 되면 튼튼해 보이던 사랑이 서먹해지고 일단 흔들리기
시작하면 오래 지나지 않아 틈은 점점 벌어지면서 한 번 벌어진
간격이 좁혀지질 않게 된다.
결국 사랑이라는 것도 세상의 거센 풍파 앞에서는 아무 방편이
없는 연약한 것이라는 사실을 차츰 알게 되고 그런 중에서도 끝내
사랑을 지키려고 한다면 사랑하는 마음보다 몇 배나 더 크고 힘든
고통과 수 없는 슬픔과 외로움을 받아들여야 하는 것이고 처절한
번민으로의 오랜 기다림을 각오해야만 하는 것이다.

따뜻하고 애잔함을 가진 아름다운 마음이 사랑이어서 사랑이
시작되고 이어져오긴 했지만 한 번 멀어지면 아무리 애를 써도 다
시 가까워질 수 없고 되돌려 소급되지 않는 것이 사랑이 가진 또
다른 속성이어서 사랑이 비워져버린 마음의 방에는 쓸쓸함만 들
락거린다.
그러나 아무리 쓸쓸하다 해도 그토록 사랑했던 마음에 차마 또

다른 사랑의 방을 들여놓을 수는 없는 것이어서 사랑이 떠나버린 지독한 외로움과 아픔을 오히려 사랑을 지키는 의지로 삼아 고뇌와 상심傷心으로 사랑의 빈자리를 차곡차곡 채워가며 사랑을 지키는 미련하고 고집스러운 사랑…. 그것이 가슴에 깊게 사랑을 품은 사람이 가진 사랑일 것이다.

그렇게 사랑을 끝내 지켜가려고 한다면 어쩔 수 없이 필히 고독이나 고뇌 같은 것과도 친밀하게 교류를 해야만 하겠지만.

그러나 너무 오래되었다. 외로운 사랑의 고단함을 오히려 사랑의 기둥으로 삼아서 버티어 온 세월이 참 많이도 흘러, 오랜 기다림에 몸을 흔들던 슬픔과 처절함도 이제는 지쳐 낡고 무디어져버렸다.

외따른 돌무덤에 홀로 안식하고 있는 사랑으로 오랜 세월을 구름처럼 무너진 기억 하나로 살아내다가 드디어는 체념 하나로 흡족해야 하는 사랑만 남아, 고독을 제 몸 뒤에 후광後光처럼 두르고 있는 사람의 모습처럼 이 세상에서 적막하게 보이는 것은 다시없을 것이다.

사람이 하나의 사랑을 죽을 때까지 간직하고 있다는 것은 최후의 유적遺跡이 남겨놓은 향기 같은 것을 품고 있다는 것이었을까. 그래, 그런 것 같다.

　나무는 비바람에 잎을 잃어가면서도 척박한 땅에 뿌리를 박고 서서 자리를 지키고 있어야 하는 것이고 사랑을 깊게 품은 사람은 죽음이 아니라고 해도 저세상의 의미를 품은 채 이 세상을 살아가야 하는 건가 보다.

미안하다

너를 사랑해 줄 수 있는 길을
네가 내게서 평안을 찾을 수 있는 길을
찾아낼 수 없었고 만들어내지도 못했다.

그것이
네게
내 마음에게
가장 미안하다.

이른 아침
셔터가 내려진 상가 앞에 신문지 깔고 오그려 누워있는 사람 옆
에 소주병 하나 뒹굴고
문을 열려는 사람은 난감하다.

구석진 곳이 늘 어두운 곳만은 아니었지만
외로움은 오래
습한 가슴에 상처는 깊어가고 늘 실낱같은 기다림의 허약虛弱
으로 의지는 해체되었을 것이다.

그래도 기다려야 하는 것이다,
스스로 기다림을 놓아줄 수 없는 것이라면 기다려야 하는 것이다.

미안하다,
고요하게 견디고만 있어야 한다는 게
너에게
내 마음에게
정말 미안하다.

간혹, 아주 간혹이지만

그대를 처음 보게 되었을 때 몽글몽글 피어나던 기대가 가슴에 조그만 몽우리로 앉았지만 하릴없이 세월만 흐리고 있습니다. 다가서려는 마음은 늘 멈칫 제자리에 서고.

나는 그대를 아직 잘 모릅니다. 내가 아는 것은 가깝게 다가서고 싶은 내 마음과 혹시나 하는 기대뿐으로 그저 기다리고만 있습니다. 기다리는 마음은 다가섬을 더디게만 하고.

하긴 그래도 좋겠지요, 서로가 서로에게 적당한 마음으로 우린 이 정도가 좋은지도 모르겠습니다. 살면서 살아가면서 그리움 하나 가슴에 품는 이러한 촉촉함이면.

정말 잘 있는지…. 잘 있느냐? 인사는 하지 않겠습니다. 지금 보고 싶다고 하지도 않겠습니다. 당신이 선뜻 손을 내밀어 주지 않는다면 우리 사이엔 기약 없이 흐르는 말이 되고 말 테니까요.

간혹 조용한 카페에서 넋 놓고 창밖의 사람들을 보다가 언뜻…, 길을 가다가, 간혹 건널목의 앞사람 등 뒤에서 문득…, 그렇게 당신을 떠올리지만 "후!" 하는 큰숨과 함께 다시 마음을 덮어두는 마땅한 그리움으로 나는 늘 그대를 생각합니다.

운명을 본다는 사람들이 내 운명에는 바다가 있고 더불어 양날의 칼을 두 개나 쥐고 있다고 했습니다. 그런 운명이 내 생애에 어떻게 무슨 영향을 주는 것인지는 알 수 없습니다만, 그래서인지 지난달 출장길에는 짧은 시간이었지만 버릇처럼 또 바다를 찾아가 한참을 머물러야 했습니다.

내 남은 생애에 내가 얼마나 더 쉼 없이 파도처럼 부서지고 깨지고, 내 양손에 쥐고 있다는 양날의 칼에 내 스스로 얼마나 더 베이고 상처를 입어야 하는지는 알 수 없지만 그래도 지금 내가 내 길을 걷고 있는 것이라 느끼는 것은 참말로 큰 다행이라 생각했습니다.

그래요, 당신!

혹 내게도 평온한 어느 한때가 와줄 수 있는 것이라면 바닷가에서 떠오르는 아침 해를 그대와 함께 바라보고 싶습니다.

오늘은 사무실에서 창밖을 보며 커피를 마시다가 그렇게 그대 생각이 났습니다. 이처럼 그대는 항상 내 마음에 있는데 그대 가슴 어느 한쪽에도 내가 있을지는 모르겠습니다.

그러나 그대도 나와 같으면 좋겠습니다. 진심으로 그러길 바랍니다.

꽃 몸살

새순 어린 예전부터
이제토록 이어져 왔나 보지
아마 오늘 이처럼 앓으려고

가는 계절을 딛고
다가오는 하나 계절에
숨 막히도록 느끼는 이 불 피는 아픔

빛 내음을 문 햇살이 가득한 하늘 아래
불망不忘으로 물들어
참말 짙게도 찬찬히 앓는 이 사모思慕

아아, 얼마나 더 사랑하자고
무량한 그리움이
이다지 열熱에 뜨는 꽃으로 피어나는 걸까

깃들지 못한 연정戀情

전혀 예기치 않게 가지게 된 감정感情 하나가 느닷없이 몰아오는 바람처럼 부지불식 마음을 흔들어 놓았지만 그러나 그뿐, 아직 가져보지 않은 체험은 어떤 상상도 현실로 연결되지 않는다. 노크만 하며 바라보고 있는 그 쓸쓸한 공허空虛, 얼핏 소극적인 마음이지만 그처럼 치열하고 처절한 감정이 또 있을까. 그러나 이 감정이 낯설지 않고 아직은 슬프지도 않다.

얼음장 밑으로 흐르는 물처럼 보이지 않게 품었던 작은 욕망이 책장처럼 펼쳐지지만 너를 바싹 당겨 품어 안을 수도 없어, 열망熱望을 참다 비지처럼 눌러버리는 체념의 토막들이 반딧불처럼 깜박였지만 너를 안고 싶은 욕망의 내색은 감춰두어야 했다. 너를 떠올리게 되면 화르르 네 가슴속에도 욕망의 불을 지피고 싶은 이 정신적인 질환은 지금도 이어지고 있지만.

세월을 그만큼 나누고도 끝내 머뭇거리고 세상의 궤도를 이탈하지 못하는 이 어정쩡한 바램, 아무리 욕망을 따라가고 싶어도 때론 멈추어야 하는 것이 사람의 삶이라지만 혹시 나는 인력引力을 잃어버린 무기질이 되어버린 건 아닐까. 장식처럼 남아있는 가슴의 한 송이 꽃은 촉촉하기만 한데 아직까지 이 몹쓸 연정戀情과 헤어지기에는 너무 아쉬워 많이 혼란스럽다.

9

분노 外 8

분노

외로워서 미안해
미안해서 슬펐어

건조해버린 침묵이 침전沈澱된 외로움을 잔뜩 안고 있다가 쩡
쩡 갈라지는 파편으로 회귀回歸가 불가능한 언어를 화약처럼 터
쳐 낸다

허공으로 부서진 말 몇 마디는 손톱의 가시처럼 아프고
돌아선 등허리는 칼날처럼 모질다

외로워서 미안해
미안해서 슬펐어

외로움의 전신轉身이 슬픔이었고 슬픔의 전신이 분노였다

섬. 나 또한 섬

무엇도 멈춰 서 있지 않고 출렁이는 바다에서
고립孤立으로 서 있는 섬.
울부짖어 울부짖는 것마저 되돌아오는 물결이 돌처럼 뭉쳐 섬
이 된 것이 아니다.

푸른 물결 위를 걷지 않아도
일엽一葉의 편주片舟를 타고 있지 않아도
홀로 있어 홀로 있을 수 있어 섬은 섬으로 있는 것이다.

살아내야 한다는 것이
물결치며 일렁이는 물속에서 섬처럼 섬으로 서 있어야 하는 것
이어서
사랑만으로 존재하고 있어야 한다는 것은
스스로 검푸른 깊은 물속에 고정固定처럼 닻을 내려야 하는 것
인지도 모른다.

섬.
나 또한 섬.

떨어진 꽃잎에 눈이 멎은 채

바람이 언제나 그쳐주려는지, 봄인지 가을인지 들락날락하는 날씨에 무엇에 쫓기듯 어느 날 갑자기 일제히 꽃들은 피어오르고…. 나는 아직 봄을 실감도 못하는데 오늘은 마침 비까지 바람에 섞여왔습니다. 가을처럼 바람을 몰고 오는 봄비에 꽃잎들은 하나 둘 떨어져가고 떨어진 꽃들은 어느 때 다시 또 피어나려는지.

기억합니다.
적막했던 고독도 이해하고
피멍울 지던 아픔도 기억합니다.
지나온 시간이 너무 귀해서
서러워도 차마 눈물 흘릴 수 없어
세월이라도 믿을 수밖에 없던 기다림도 기억합니다.

돋아나는 꽃망울은 목숨이 다할 줄도 모르고 피어나고
피어난 꽃들은 물감처럼 점점이 번지다
저렇게 떨어지면 영 가버리는 거겠지만.
그래도 아니겠지요,
너도 나도 죽지 않는 목숨으로 어느 날 어디에서건
정녕 석화石花처럼 남고 싶었을 마음인 것을.

하루하루를 목숨처럼 안고 가는 세상의 굴레에서

굳이 무슨 원願으로 새삼 더 슬프다 하겠냐 만은
소리 내어 울면서 속내를 드러내지 못하는 것은
피어서도 있고 지고서도 있을 그리움을
품고 있는 때문입니다.

나뭇가지엔 새 한 마리 머물렀던 자국 하나 남아있질 않고 봄비
가 가을비처럼 내리는 외로운 풍경.
오늘도 다시 습관처럼 쓸쓸해집니다.

그런 것이다, 사람으로 산다는 것은

바람이 계절이 되는 시기가 있다. 오늘 불어오는 바람은 먼 능선에서 골을 타고 밀려와 구별 없이 휘저어 계절을 한 시기로 만들어놓고 다시 먼 기억으로 희미해져가겠지만, 바람은 흔적 없이 사라져도 그 계절의 한 시기는 틀림없이 언제나 그 위치에 그 자세로 다시 다른 바람을 타고 오는 것 같다.

그래, 한때는 나도 맑고 아름다웠던 것이다. 맑게 솟던 샘이 있었고 울타리 바깥으로 날아오르던 꿈으로 일생一生의 한동안을 겨드랑이에 작은 날개를 달고 외줄기 벼랑길을 걷듯 깊은 의미의 한 가지만을 바라며 살아온 인생이었다.

내 생각이 이 세상의 삶에서 딱딱 맞을 순 없는 것이겠지만 그래도 어느 정도는 들어맞기를 바라며 아직까지 살고 있는 세상인데, 그것이 참으로 어려워 사람의 운명은 늘 합리적인 예측을 벗어난 곳에서 기다리고 있는 것인지 겨우 한곳에 다다랐는가 싶으면 문門은 또 다른 저만큼이 되어 굳게 닫힌 채 컴컴하기만 했다.

마음에 모나게 박혀있는 감정을 하나하나 뽑아내 적당히 무디어지고 스스로 마음을 낮춰야 하는 것이 이 세상에서 적당한 삶을 유지할 수 있는 것이겠지만, 사람의 마음이라는 것이 한계에 다다라보지 않고는 어디쯤을 경계선으로 두어야 할지 도저히 알 수 없어서 넘침도 모자람도 측량하지 못한 채 세상과 오래도록 맞닿아 부대끼다가 세상의 규칙에 두들겨 맞아 부서진 조각들이 돌무덤처럼 차곡차곡 쌓이고 그 뒤에 찾아온 공허함으로 상처를 심어 이제는 무겁게 짊어진 세월에 낡고 건조해버린 영혼이 되어버렸다.

세상이 정해놓은 여러 경계선 때문에 세상은 대략 아름다운 것으로 지속되어가는 것이겠지만, 그러나 하나하나 사람에게는 세상이 정해놓은 여러 울타리보다 사람의 일생이 더 아름다워야 하는 것이라는 감정이 그나마 아직까지 내 삶에 잠재적으로 남아있다는 것은 참으로 다행한 일인지 모르겠다.

어느 날, 누군가 저물어가는 세월인가 혹은 무엇인가가 쇠락衰落해진 가슴에 작은 불을 지펴놓았는지 건조하던 가슴이 촉촉하게 젖어들었다.

구르고 구르다 피폐해져 침몰되고 만신창이가 되어 이 세상에서 전혀 필요 없는 것으로 남게 되었다고 느끼면, 그제야 비로소 마른 눈에 맺히다 떨어지는 눈물 한 방울처럼 절박하게 일생에서 버려지지 않을 사랑의 기억 하나를 그저 남겨두고 싶은 소망이 가슴에 들어차게 되는 것일까.

마치 머지않아 절멸해버릴 나뭇잎이 차가운 바람 소리를 들으면 일제히 소름을 돋으며 더 짙은 색을 머금게 되는 것처럼.

아아, 그래서 다시 한번 살아서 죽을 만큼 다시 사랑해보고 싶다. 이 세상에서 일어나는 삶의 어떤 비극적인 문제를 더는 생각하지 않고 남은 일생의 마지막을 다하여 진정으로 온 힘을 다하여 다시 사랑해보고 싶다. 이미 너무 낡은 세월을 지니고 있어서 이제는 죽음을 불사할 만큼의 사랑은 불가능하다 할지라도 이 삭막한 세상에서 어느 한 사람을 진심으로 사랑하고 결코 뉘우침만은 없는 그런 사랑을 다시 해보고 싶다.

어떤 면에서 그것은 일생 동안 내 삶 안에서 지속적인 암시로 잠복되어왔을지도 모를 일이다.

그래, 그런 거다. 다시 한번 꿈을 꾸고 싶은 거다. 이미 많이 늦은 세월이긴 하지만 인생의 삶에서 사랑 하나만이라도 곱게 풀어내보고 싶은 거다.

아직 이 세상이 다 뽑아내지 못한 숨은 가시 하나가 가슴 안에 남아있어 이제까지 살아온 삶의 깊이와 넓이로도 나조차 모르는 듯 숨을 쉬고 있었는지도 모른다.

그러나 이미 다 저물어버린 세월이다. 이제서는 잡을 세상도 기댈 그 누구도 없을 낡고 지쳐버린 영혼이 되어 더는 바라볼 수도 없는 소망이다.

그래도 그것이면 되었다. 그렇게 아름다운 생生의 울림이 이 세상 이 세월에 아직 내 가슴에 남아있으면 된 것이다. 애매하고 광범위한 세상의 울타리 안에서 상처받고 지쳐서 가야 할 곳에 가지 못해, 무엇이건 빛이 바래고 낡아서 덮어두는 것이 사람의 삶이라 해도 아직은 사랑하고 싶은 마음에 사랑받고자 하는 목마름을 느낄 수 있으면, 그러면 된 것이다.

촘촘히 짜인 세상의 그물 안에 갇혀 살면서 그것은 얼마나 눈물겹고 고마운 기적 같은 감정인가!

살아있다는 것이다. 그런 것이 아직 살아있다는 것이다. 사람의 삶이 종내 무의미한 것이라 할지라도 사람을 사랑하는 때문으로 남아있는 제 인생을 허비해도 괜찮은 그것이 측은한 사람이 가지는 일생의 진실한 내용으로 마지막까지 사랑이 이 세상에 남아있어야 하는 이유가 되어주고 있는 것이다.

생의 마지막까지, 사랑해주는 대상이 없어도 사랑하고 사랑이 이루어지지 않아도 사랑하고자 하는 그것이 이 삭막한 세상에서 그렇게 끝까지 사랑을 감당하고자 하는 것이 진정 사람이 살아간다는 것이다.

사람이 가진 운명으로 사람의 일생으로 사람이 산다는 것은 마지막까지 사랑을 지키며 사랑으로 살아가야 한다는 것이다.

그래, 그런 것이다.

늙음

나는 늙었나 보다

나를 위로할 아름다운 이야기까지야 바라겠느냐 만은

지나온 모두 떠올려 봐도

함께해도 좋은 기억이 남아있지 않아

이젠 슬퍼도 슬프지 않고

아파도 피멍이 들지 않고

한 뼘 욕망도 아무렇게나 구르다 시들해지니

더는 살아내야 할 필수 조건을 찾지 못하겠구나

가만히 흐늘거려도 먹고 살 수 있는

천 개의 촉수가 내겐 없어서

피로로 갈라지고 부식腐蝕되어버린 나의 반세기

한때는 투명한 빛살에 반짝이는 시냇물 같았는데

지금은 인적 끊어진 웅덩이로 흘러들어가

해거름 찬비를 맞고 있는 것 같아

젊음의 해체解體에 새삼 두려워할 것은 없겠으나

안달하고 서성이고 망설이다가

살아온 날을 다 바쳐 얻은 유일한 수확이라는 게

묵은 날의 암종癌腫이 진하게 번져버린

불화不和하지도 못하는 늙음이다

눈물이 묻어나는 글 몇 줄

차가운 땅바닥 거기, 서늘함은 퍼지고 희박하게 들리는 엷은 빗소리. 자잘한 홈에 긁힌 상처가 뚜렷한 이유 없이 자꾸 깊어져가는 계절에 어쩌자고 이름도 못 붙일 비는 주룩주룩 내리고.

아, 비 오는 겨울 하늘에도 새들은 날아가는구나. 희미한 달을 머리에 이고 뒤늦게 남녘을 찾아가는 길, 어미는 바람을 가르는 헌신으로 날개를 펴고 새끼는 어미가 순화시킨 바람을 타고 날아가지만 계절을 잃고 먼 길을 달려온 빗줄기는 어디로 가야 하는 걸까.

삶의 무게를 견디기 위해 살아온 모두 보람은 있는 것이려니 해도 덜어지지 않는 쓸쓸함에 닿아서는 아픔의 부스러기마저 절실해, 애환에 익숙해버린 마음으로는 어떤 추상도 기대해볼 수 없겠지만 그나마 추억을 떠올릴 때는 하나하나 구체적으로 해야 한다지.

달게 먹으면 안 좋다고 하면서도 커피에 세 스푼의 설탕을 넣어주며 미소를 보내주던 그대처럼, 그러므로 퍼즐처럼 맞춰지는 기억에 핑그르르 고이는 내 눈물.

그래, 하긴 초는 다 타버리고 나서야 눈물이 마르는 법이라니까.

되었다, 사랑이니 되었다

사랑 하나 품었으니
사랑 외엔 이어받을 마음도 더는 없겠거니
그런 절실함으로 사는 나는
슬프고
다시 아프고

숨 쉬는 것만으로
오롯이 견디고 있는 내 고통
한숨 시린 네 어깨는
어이 헤아려 보듬어줄 수 있을까

삭히지 못하는 그리움이 넘쳐서
아픔도 예쁠 것 같더니만
미움이 겹쳐 앉아 참 쓰디쓴 고역苦役
되었다, 사랑이니 되었다
그만큼 슬프고 충분히 아팠으니
남은 일은 지금까지보다 더 깊고 넓은 오롯이 사랑

그러니까
그 길은 멀어서
참으로 멀고 멀어서

세월이 사랑

그리워 피멍울 번지는 사랑
지금은 내 삶 어디쯤 사랑이 있나
묵힌 세월 젖은 눈으로 오만五萬가지 셈해보지만
시작하기처럼 끝도 알 수 있으면 참 좋겠지

사랑은 마치 야문 불씨 같아
활활 오르던 불이 사그라져 재가 수북해도
다시 사른사른 타오르는데
어찌하기로
불같은 사랑에 이별을 닮은 가혹한 일이 생긴대나

반생半生 전부를 다 기울여 주고 주어도
아직 사랑은 깊어 타는 갈증
긴 세월에 수고로운 마음씨가 늙기도 했음인데
여전히 가슴을 울리는 게 사랑이라는 건지

그래서 말인데
외롭다고 가까이 가지 말고
쓸쓸하니까 너무 멀리 두지는 말고
끄덕이며 끄덕여가며
행여,

쩡 하니 갈라진 마음은 내색조차 말기

다시 조금만 더 살아보자

그랬을까,
그냥 오는 게 아니라
두터운 어둠에 가느다란 빛살로 조금씩 금을 그어 틈을 만들다
가
컴컴한 벽을 와장창 깨고 걸어 나오는 것이 새벽이었을까

감당할 수 있겠느냐?
세상은 언제나 오만하게 물어오고
도를 넘어서는 갈등과 어두운 그늘의 잔인한 폭거
하긴,
다가오는 것이라면 어쩐대도 피할 도리가 없었겠지만

차디찬 바람 눈 오는 하늘에서도 철새가 제 몸에 달빛을 이고
텅 빈 밤하늘을 날아가는 것처럼
때론 스스로의 연정戀情 한 가닥이 아픔을 다독여주기도 하거
니와
아직 살아있다는 건
살고픈 의지가 어둠에 한 줄 금을 긋느라 애쓰고 있다는 것

그래, 조금
조금만 더 살아보자

한 가닥 남은 연심戀心을 쥐고

혹은,

뜻밖의 의외를 기다려보면서

10

그러나 아무것도 아닌 겨울 外 8

그러나 아무것도 아닌 겨울

지난 계절 새가 울던 나뭇가지가 고요로 깊어지고
기억의 숲에 모든 것이 소멸된 것처럼 보일 때
본래의 모습을 숨기지 않고
필사적으로 돌아오는 귀향길처럼 망설임 한번 없이 몸부림치
며 달려오는
속도가 넘쳐 쓰러지면 자신을 뉘인 그 지점에서 땅을 치며 몸을
일으키는
쓰러지는 정신을 용납하지 않는
앞으로도 한동안 동행해야 하는
사나운 바람
알고 보면 이제 시작이다

곱은 손을 비비고 시린 눈을 적시며 움츠리는 굴욕이 배경으로
쌓이는 계절이지만
그러나 내가 너를 생각하면 아무것도 아니지 라고
바람에 맞서 하루하루를 이어가는 소박한 사람의 목숨은 스스
로 아름다울 것이다

겨울이다
살아있는 여부를 더 이상 의심하지 않는 모순을 따뜻하게 품고
바람 속을 걸어가는

목숨이 아름다운 겨울이다

짓에 대하여

꽃이 저마다 다른 빛깔로 몸을 흔드는 것은
살아있음을 필사적으로 노출하려는 짓이다

외진 그늘짐을 견디던 꽃 한 송이가
다시 이승의 한 계절을 만들어보려는 측은한 숨결
외로운, 슬픈, 쓸쓸함을 벗어나기 위한 몸부림은
몸을 던져 목숨을 영위해가는
마치 원시原始의 야성과 닮았다

그래, 그런 거지
낯선 따스함이 추상이 아닌 촉감으로
땀에 젖는 열기로 와 닿으면
가슴을 튕기듯 내밀어
비탈진 허리를 활처럼 당기고
허기진 속울음에 입술을 피리처럼 물면서
저 하늘로 깃을 펴듯 두 팔을 저어
가지색 어둠을 밀어내는 꿈을 꾸는 거지

나침반의 바늘이 바르르 떨면서도
오직 한 점을 향하는 것처럼
얼음덩이 같은 경직을 타이르듯 쓰다듬어

동그랗게 말리는 몸을 해독解讀해

오지 끝까지

숨은 물길을 찾아내 촉촉하게 적시는 열락悅樂

화석化石 같은 생물이 경계를 넘어

바람만이 아는 혹은

저만의 신神을 빌어 마침내

털썩 몸을 던지는

모래사장 갈매기 발자국처럼 점점 이어져 갈

그런 여원….

짓

나직나직 바라보는

누가 불을 켜놓은 것일까? 칠흑의 어둠에 헌신하고 있는 저 하나 별빛.

엷은 바람을 타고 어두움이 낮게 저음低音처럼 번지면 보이는 것보다 보이지 않는 것이 더 두려운 밤의 그늘이 넓어지고 왈칵 달려드는 기억, 사람이 종종거리는 하늘 아래 바람이 굽이지다 뚝 떨어져 버릴 때 나는 내가 쌓은 성채 안에서 빛없는 어둠만 바라보고 꼼짝도 하지 못했다.

사랑마저 거두게 하는 낯설어진 세상에서 노려보아도 눈물밖에 나올 게 없는 매운 아픔이 온몸을 두르고 슬픔보다 먼저 고여오곤 하던 외로움.

아마 나는 별빛마저 결여된 밤의 기슭이었거나 처음부터 빈자리에 서 있던 것은 아니었을까.

잃어버리고 나면 거리를 메꾸어 줄 수 있는 것은 아무것도 없어 외진 밤 그늘에서 소리 없이 흘러내리던 눈물, 마음은 간절했지만 간절함은 눈부시지 않았고 결코 채워지지 않던 간극間隙, 보는 이 없는 어두운 밤이니 울음을 짓씹는 통곡도 무방하겠지만 더는 바칠 것도 없는데 살기를 맺는 날까지는 그냥 견디며 살아야지 그 외에는 더 아무 할 말이 없다.

나직나직 우는소리조차 적막함으로 덮어버리는 달빛, 풀잎에 맺힌 밤이슬을 건드려보지도 않고 지나쳐가는 바람, 퍼내도 퍼내어도 우물처럼 다시 차오르는 외로움을 긍지처럼 안고 있는 사람.

이 밤, 어느 누가 또 먼 밤하늘에 반짝이는 불을 켜두었을까. 세월이 흘러도 한 겹 두 겹 겹치며 되풀이되는 밤의 풍경은 이를테면 그저 바라봄이다.

사는 게 피곤하고 쓸쓸하다

내가 태어나 지금까지 살고 있다. 아마도 내가 태어나기 이전부터 어떤 세계가 이어져 왔을 것이고 내가 죽은 다음에도 내 삶의 과정은 남아 이어져가는 어떤 세상이 있을 것이다.

과거와 미래를 이어가고 있는 시간의 사이에서 현재의 나는 살고 있지만, 지금 세상에서 현재 내가 겪어내고 있는 내 삶은 혹시 이전의 누군가가 물려준 것은 아니었을까, 그렇다면 지금까지의 내 삶도 이후의 세상에서 어느 누군가에게 이어져 또 똑같이 겪게 만들지도 모를 일이다.

나는 모르는 사이에 이전의 누군가의 삶을 이어서 지금 내가 살고 있는 것이고 또 나중에 다음 세상의 누군가가 지금까지의 내 삶을 이어 다시 살아가게 되는 것이라면, 그렇게 이전以前의 나와 이후以後의 내 삶이 계속 이어져 가게 되는 것이라면….

어제와 내일의 이어진 끈을 내 살아생전에 스스로 확 끊어버린다면 오늘까지의 내 삶은 지금 이 순간만 있는 것이 되지 않겠는가. 살아온 날들을 돌아보니 현세現世의 이 세계나 이후의 세상에서는 나 같은 삶은 나 하나로 마감되어 영영 사라져버렸으면 싶다.

만약 그렇다면 지금까지 내가 헤매어 온 서러운 내 몇십 년 삶의 진위眞僞는 다 무엇인가. 오래전 스스로 미래의 삶에 대해 약속을 하고 조금이라도 지켜보기 위해 지난날 모든 시간을 쏟아부었던 하나하나 열정과 그 많은 다짐과 소망은, 지금도 애절하게 그리운 이 그리움은 다 무엇이란 말인가. 또 피워내지 못한 사랑의 그 허망함은 어찌해야 한단 말인가.

내 생生의 먼 내일까지 내 약속이 이어져가기를 바라며 일생을 헤매다가 내가 내게 했던 약속 하나에도 가닿지 못하고 사회적으로나 도덕적으로 잘 살아냈다고 이 세상에서 아무것도 승인받지 못하고 살아온 내 삶의 날들은…. 아, 너무 굴욕적이고 비참해서 보잘것없고, 게다가 아직도 쓸쓸함과 어두움으로 이어지고 있는 삶은 어쩔 것이고 아직 가보지 못한 저 남은 날들은 또 얼마나 억울해질 것인가.

그러나 예전에 어찌해 왔던 또 앞으로 어떻든 이미 내 삶은 너무 많이 기울어져 있는 세월이라, 이제 와서 약속을 위해 몸부림쳐오던 지난날의 애환을 위로받을 수 있지도 못해서 내 인생 모두가 무효가 되어버린 것 같아 사는 게 피곤하기만 하다.

어차피 죽음이 닥칠 때까지 끝까지 걸어갈 수밖에 없는 인생이라지만, 왜 한 사람의 짧지 않은 인생에 그 망할 놈의 고역스러운 사랑과 한없는 슬픔을 지고 와야만 했는지… 모든 것이 구름처럼

뭉게뭉게 하다가 그저 우르르 벽력과 함께 다 쏟아내려 텅 비워져
버린 것만 같아서 살아있는 것이 쓸쓸하고 사는 게 피곤하다.

업業을 쌓으면 업만큼 돌려받는다 하더라 만은
누구는 전생前生에 나라를 구했는지
누구는 전생에 패악悖惡을 저질렀는지
필사적으로 걸으며 둘러맨 고역
연줄 오르듯 날아오르다 끊긴 사랑에
메마른 인사 한마디, 너는 어쩌자고 내게 왔니

나 같은 것 나 같은 것
이제 와 어디다 두 손 모아 빌어보랴
돌아보니 여기저기 다 무위無爲의 세상
지난至難한 흉터가 튀어나오기 전에
차라리 내 이름은 지워버려라
내 노래의 후렴은 이미 끊어진 것을

지난날이 있어 무엇하랴
내일이 있으면 또 무엇하랴
분노도 한탄도 부끄럽고

깊은 슬픔마저 다시 실패할까 두렵다

다른 사람 위패位牌에 술이나 한 잔 올리고

엎어져 쓰러지면 그 자리가 그만 저승이면 싶다

도시都市의 하구下丘에서

이상한 빛을 휘저으며 연하게 벋어가는 노을
한 자락 한 자락 접혀가고 있는 하늘
붉은빛에 푸른빛이 휘감겨 시달리다 아른아른 스며들어 소멸
되는
한때,

엷게 일어서기 시작하는 몽롱한 불빛
섭섭한 빛깔의 에너지가 어둠을 매개로 붙어있고….

쌓여진 시간의 절망은 도시의 속살을 피해
어떤 보잘것없을 보람을 위해 숨져가야 하는지 기다리는 것 같
았다
슬픈 일이다
인간이 아우성 하나 없는 몸부림으로
고독하게 앞을 다투다 가로등 아래 구겨진 담뱃갑처럼
던져지고 마는 것은

불빛 하나 켜지고 나면 발화점 하나 사라져가는 목마름
적의조차 품지 못하는 외로운 물질
황량하게 떠돌다 수분 하나 없이 잠적하는 사막의 운명 같은 것
모두,

슬픈 눈시울에 목쉰 결의만 쥐었다 폈다
침묵이 반복되는 미량의 독이 방임으로 진화하여….

차마 알 수 없을 애매모호한 바람이 떨어져 두고 간 굴욕이겠지
너를 몰라 나는 앓고 너를 알아서 또 나는 앓고
너 하나 감당하는 것에서도 바싹바싹 숨이 짧아져 가는 것 같아
아픈 일이다
너를 돌려놓고 살 수 있기야 하랴
설마 하며 길손처럼 다시 사랑을 밟아가는 것은

누가

비를 잠시 피하며 아파트 현관 희미한 전등불 아래
궁상맞게 쪼그려 앉아 축축한 담배 한 가치 쪽쪽 빨아대고 있는데
머리 위로 툭 담쟁이 잎 하나 내려앉아 누가 후려친 마냥 화들짝.
그 참에 찬찬히 바닥을 훑어 보게 되었는데
도토리보다 작은 몽글몽글한 것들이 눈에 뜨이더라고
바닥이 물바닥이 되고 보니
제 놈들도 바깥바람이 쏘이고 싶었던지 모여 꼼지락대고 있겠지.
뭐 하는 놈들이 비가 오는데 떼로 나와서 이 법석인지 궁금해
바싹 고개 숙여 보니 달팽이였어.
누군가의 발에 밟혔는지 바삭 아작난 놈이 하나 있더라구.
하나뿐인 목숨이 그만 날아간 게야.
여러 놈이 마치 사체 부검하듯 부서진 놈 주변에 옹기종기 모여
있지 않겠어.
모여 있는 놈들은 그러니까 아작난 놈의 원인을 찾느라 갑론을
박하고 있는 거겠지.
왜 나는 누군가 무심결에 밟았을 거라 생각했을까.
생각이라는 게 그렇게 고정되어 있더라니까.

혹시, 저 파훼破毀된 놈은 누군가에게 밟혀 어설픈 목숨이 끊어
진 게 아니라
위에서 누가 밀어버린 건 아니었을까.

하긴 저 높은 곳에서 떨어졌으면 누가 밟지 않아도 아작나기에
충분하긴 했을 게야.

아, 아까 머리 위로 떨어졌던 담쟁이 잎. 그놈….
그놈이?

오늘을 돌아서는 밤에

오늘 나는 지쳐있었지
그저 그런 슬픔과
송곳처럼 찔러오던 몇 가지 생각

아무 소망도 가질 수 없는 것이 지금 나의 능력이어서
종일 고개만 까닥까닥
차라리 놀랍지
하루하루
참 단순하고
잠시 아픔이고
오늘 지나고 나면 다시 오는 내일

이젠 아무 보잘것없는 눅진 편지 내용처럼
쌓여있는 어제들에
마침내 또 한 장 끼워두는 오늘

아무 쓰일 데 없던 오늘
날마다 새로이 오는 하루라고 끄덕이고
끄덕이는 건
사뭇 참 은혜로운 오늘의 지혜

어두움이 길게 누운 밤

오늘을 돌아서며 다시 목례目禮를 드린다

녹슨 기억은 비를 타고

이 밤, 비와 바람이 함께 왔지만 바람은 행방을 잃어버리고 줄기줄기 내려앉는 외로운 물소리만 남아 쓸쓸해지는 존재의 실체는 그물같이 덮여있는 자욱한 어스름이 아니라 축축함에 움푹 파인 그리움이 길 위에 반짝이는 긴 물빛으로 반사되어 오는 기억이다.

비와 바람이 나그네같이 오다가다 부딪쳐 마른 가지에 새순이 돋아나듯 멀리서 바라보던 긴장을 던져버리고 쏟아지는 빗속에서 우산도 던져버린 채 서로 입을 맞추고 이어 너의 부드러운 나신裸身을 안았던 희열喜悅은 이제토록 잊지 못할 현기증으로 잠복해있어 오늘 다시 비 젖은 몸살로 온몸을 기어오른다.

너를 보낸 후 그날의 체험만이 남아 많은 날의 갈망渴望을 위로해 온 지 오래라 그날의 이상했던 열기도 이젠 건조해져 더 나누지 못한 사랑의 아쉬움도 푸석해졌는데 외로움을 다독여줄 가슴 뛸 일 하나 다시 만들어내지 못한 내 모자람에 단 한 번 새겼었던 네 몸이 오늘 다시 그리워지는 것일까.

하긴 너나 내나 사실은 그저 숨 막히는 목숨이 살고자 했던 죄罪 아닌 그날 하루의 축복이었음이라 오늘은 그날처럼 비가 내려서 마치 가고 오지 않는 이도 돌아올 것 같아 새삼 그리움에 뒤늦

은 후회도 함께 떠오르는 네 생각을 하고는 있노라만 이별의 말도
나누지 못한 너에게 이제야 비로소 늦은 인사를 빗소리에 담아 보
낸다. 그대여! 안녕!

울고 싶어

긴 날을 살고서야 꽃이 지는 걸 볼 수 있다고 말한 친구를 떠올렸다. 살면서 얼마나 숱하게 꽃이 피고 졌는데 새삼스레 꽃이 지는 걸 본다고 말한 녀석이 야속했다. 녀석은 이제 바싹 마른 가을 나무 같다. 지나가버린 세월이 아프다.

불쌍했다, 네가 내가 누가 불쌍한지는 알 수 없지만 눈물이 흘러내렸다. 휑한 담벼락을 보며 이제야 꽃이 보인다 말하는 녀석을 보며 이미 없어진 꽃을 마음으로 그려봐야 했다. 겨울은 앞으로 더 깊고 짙은 외로움을 안겨줄 것이다.

손가락을 쭉 펴서 꼽아보던 친구들 하나씩 내 곁을 떠난 지도 한참 되었다. 내게서 하나의 손이 일찌감치 없어져 버린 것이다. 외짝 병신으로 남은 한 손이 접어 쥔 손가락 하나마저 도려내야 할 것 같은 마음이 하늘가로 아득해진다.

고맙다. 보낼 수 있게 해주어서 고맙다. 내가 마지막으로 남아 너희들 하나하나 모두 보낼 수 있게 내가 너희를 두고 떠나지 않게 해주어서 진정 고맙다. 너희와의 추억만으로 훌훌 가벼운 마음이게 해주어 정말 고맙다. 못된 녀석들.

살고 싶다던 너희는 모두 갔고 죽고 싶다던 나는 아직 살고 있다. 예전 내 위태하던 젊을 때 내 먼저 가면 무덤에 예쁜 여자와 함께 와서 내 못 먹는 술을 술술 뿌려가며 약 오르지 우리는 재미있게 산다 놀려주겠다던 참 나쁜 놈들.

보고 싶다 보고 싶다 참말 보고 싶다고 말하는 가슴에 외로움의 못이 박히고 너희 없이 십수 년 바람 세상을 홀로 걸어온 눈물이 발을 적신다. 너희가 이전에 몰랐던 친구라도 하나쯤 내 곁에 남아있게 해주었어도 괜찮지 않았겠니.

울고 싶어 그나마 마지막으로 하나 남아있던 친구가 꽃이 보인다 말하던 담벼락을 피가 터지도록 주먹으로 두들겨 패고 무심하게 청명한 저 하늘도 끄잡아 내려 바닥에 패대기쳐버리고 싶어. 미친놈처럼 엉엉 소리 내서 울고 싶어.

11

지금 外 8

지금

은빛 햇살이 되살아나려는 결의로 사라졌던 시간들이
돌아와 조금씩 움직이고
나뭇가지는 흔들거리며 뿌리 밑의 수분을 수직으로 끌어올리
려 치열하고
꽃은 고요히 하늘 바람을 기다리는
그러한 때

아,
비로소
인식하는
속으로
넘쳐나는

지금 그리운 너!

사랑합니다

마치 시간도 멈춰버린 것 같이
낮게 드리워진 안개 속처럼
고요하게 흐르는 적막에 글썽이는 눈자위

당신은 저만치 무덤덤하게 있지만
나는 여전히 피가 더워
고운 길 손잡고 끝내 함께 가고픈 이 희원希願

하긴 누구도 헤아려 알지 못할 거라 만은
아픔과 슬픔은 얼마나 기막힌지
번뇌나 불신은 또 얼마나 아팠는지
그래도 오직
긴 세월 헌신獻身과 기원祈願으로 살아낸 우리

참말 사랑은 감당해내는 일이라 하니
당신의 길과 나의 길이 어찌 다를까
천 번 묻고 골똘히 헤아려 봐도
우리는 서로 심장도 베어줄 착한 사랑

예전처럼 다시 포근한 사랑을 나눌 시간이
내일일까 모렐까 언제일지 알 순 없지만

오래오래 이어 온 당신과 내 넋을 묶어
사랑합니다

사랑합니다
이처럼 가난한 말 하나뿐이지만
남은 목숨 다해서 당신을 사랑합니다

아무 일도 없는데

언제나 그렇거니
하루가 기울어가는 이때쯤이면
서먹해진 사랑에 맥없이 시들해진 마른 영혼은
낮이 두고 간 바람에 떨어진 꽃잎으로 흙바닥에 뒹굴고
나는 모른다 모른다며 어둠으로 숨어버릴 작정에
기다란 몸짓으로 드러눕는 하늘

살아있던 두 목숨에서
떨어지는 한 목숨을 바라보는 또 한 목숨에게
촉촉한 꽃잎을 기억하는
아직 그리움이란 게 있기는 한 걸까

전날 따사로운 볕에 아른아른 피어나던 꽃망울 하며
산들대는 바람에 서로 간지르던 불그레한 두 볼하며
어느 기억이라도 내려놓고 갈 수야 있겠느냐 만은
종내 함께 하는 바람을 못 이룬 가책에
입도 벙긋 못해보고 뒹구는 사랑

하루가 기울고 어둠이 내려앉는 이때쯤이면
많은 것에 상심傷心이 들어
수심愁心만으로도 목숨을 끝낼 병病이 든 것처럼

나직한 노래를 읊조리다가 울음이 터지곤 하지

아무 일도 없는데
정말 아무 일도 없는데

바람은 차고

봄이라 봄볕은 따사로이 내려앉는데
아무것도 감추지 못하는 고단한 마음 시리건 말건.
사랑,
그 맹목적이고 어리석음을 이제는 알거니 한다 해도.

하면,
이제 와 어쩌란 말인가.

사랑하고 사랑에 젖어 온 삶을 아닙니다, 사랑이 아니라며 겹겹 그리움을 허물 벗듯 벗어버리고 이내 살아온 일생도 꼬깃꼬깃 모두 접어 길거리 우체통에 수취인 불명으로 넣어 아무나 받으시오 할 수도 없으련마는.

하긴 살아온 모든 것 이제 와 다 돌이킬 수도 없어 자근자근 슬픔만 배어 나오는데.
고달픈 삶에 매운 사랑이 잠시라도 그냥 잊힐까 보냐,
바람은 아직 차갑기만 한 걸.

사랑한 잘못

세상 사는 일은 어렵고 사랑은 더 어려워
나를 울린 겹겹의 상처
사랑도 사람이 지녀야 하는 능력인 줄 몰랐던 탓에
기다리고 있는 것만이 희망이어서
나는 마음의 문을 닫아걸지 못했나 보다

대나무 마디처럼 불거져있는 기억들
아픔이 옹이처럼 굳어 미움이 되었지만
멍울진 미움도 사랑인가 하여
그마저 그리워지는 밤
애정愛情만큼 미움도 끝내 간직하고 있는
그래, 그래서 사랑인 게지

남은 생애 어느 길목에서 다시 사랑할 수 있다면
나는 결단코 더 너그러워져야 하는 거겠지

하긴 인생은 때로 아무것도 아닌 것에서
그냥 미워지기도 하고 슬퍼지기도 하는 거라면서
외로운 세월을 뒤져보고 있는 이 미운 사랑
잘못이다
모두 다 사랑한 내 잘못이다

이 바다에 상복喪服을 입히고

Ⅰ.

살아가는 일에 사랑쯤이야 하고 덮어버리기도 하는 것이
세상에선 흔하디흔한 일이라 해도
무량한 이 바다같이 끝도 없는 슬픔이래면 흐르는 별똥별도 저
하늘서 그만 멈춰 섰겠으리
참말이지, 기막혀라
까짓 운명 따위가 삶을 모조리 저며낸다고 해도
겨우 이런 만큼이 사람의 사랑이었다면 차라리 죽고만 싶은 거
래지
어디 사랑이 천년만년 가기야 하겠느냐 만은
사는 날까지는 견디어 내리라는 다짐으로 빌고 빌었더라니
차가운 냉기가 스멀스멀 번지는 물 가슴을 물고
죽은 이보다 더 할 말이 없어지게 만드는 이 바다가 참말로 기
가 막혀

Ⅱ.

무심한 올빼미가 간절함으로 절박한 심장을 파먹는 것처럼
사랑만으로 살기를 원해온 사랑이
하루면 하루 시간만큼 물결로 일어나고 일어났다가는 스러져
거품으로 죽어가는 저 파도가
참말이지, 기막혀라

사랑할 테야 더 사랑할 테야 하는 사랑이라 해도

사정없는 물보라로 애간장을 마구 헤쳐 놓고 가버리는 모진 바람에

견뎌내는 외엔 도무지 어찌해볼 도리가 없어

모른다 나는 모른다며 사랑에 눈을 감아야 한다는 게 뭔지

이리 슬픈 사랑을 던지지도 못하는 이 그리움에

퍼질러 통곡이라도 할 작정으로 검은 상복을 밤바다에 입혀놓았습니다

어느 저녁답 신촌에서

신촌 로터리 번화한 뒷골목에 시원한 저녁 바람이 몰려왔고 나는 두어 시간 동안 모자랐던 니코틴을 보충하고자 백화점 옆 화단으로 훌쩍 걸터앉아 허공에 다리를 덜렁거리며 두 개비의 담배를 연거푸 입에 물었다. 발 디딜 틈도 없이 몰려다니는 발랄한 옷차림의 신선한 젊음들, 어느 한때는 나도 저리 빛이 나고 산뜻했겠지.

오래 입어서 이제는 색이 바래고 낡아버린 옷, 이 옷이 희뿌옇게 소매 끝이 해질 때까지 얼마나 거울 앞에 서서 스스로의 모습에 미소를 지었는지 헤아려 볼 수도 없겠지만, 지금 이 옷처럼 나는 이미 낡고 초라해진 세월에 접어들어 번화한 신촌 뒷골목에서 내가 저 젊은이들처럼 신선하게 보이지는 않아 저 젊은 사람들의 세상과는 아득히 동떨어져 있는 느낌이다.

세상에서 존재하는 것은 무엇이건 낡아져서 이 바람처럼 사라져가는 거겠지. 목숨이 그러할진대 그 목숨 안에 품고 있는 사랑의 그리움도 소망도 또한 그럴 것이다. 사람과 사람이, 사랑과 사랑이 함께해 온 시간도 자꾸 낡아져서 하나씩 버려야만 하는 것이라면 우리는 살아가는 시간 동안 참 많은 것을 버려왔을 것이고 앞으로도 자꾸 잊고 버려야 하는 거겠지. 그렇게 어제도, 또 그 어제의 어제도 버려서 버릴 것이 없어질 때까지 우리는 앞으로도 많은 것들을 버리며 살아가야 할지 모른다.

사랑했다. 진심으로 사랑해 왔다. 잘 어울리는 옷처럼 함께 하는 마음으로 하나하나 시간들을 다 되새겨 꼽아볼 수 있을 만큼 두 팔을 활짝 벌려 「이만큼」이라 불러도 좋을 만큼 그렇게 사랑해 왔는데 어느 날 갑자기 물결치던 감동이 낡아지고 덤덤해져 버렸다. 그럼에도 불구하고 너와 내가 아직도 이 세상을 살아가고 있는 것은 「아직 소망」으로 「아직 그리움」으로 사람의 사랑을 어떻게든 이어가려 하고 있기 때문일까?

예전 젊은 날, 종로며 명동이며 이 신촌 거리에서 활개 치며 다니던 기억도 이제는 흐릿해 가물거리는 것처럼 너를 그리워하는 마음조차도 차츰 낯설어져 가고 있다는 것을 지금의 너는 알고나 있는 걸까?

오늘의 기억이 저물어가는 빛 뒤로 오늘보다 먼저 멀어지는데, 빛이 사라지기 전 도로 끝에서부터 필사적으로 내려앉는 빛의 잔영殘影. 높은 가지 끝에서부터 지기 시작하는 노을이 쓸쓸하긴 하지만 어쩌면 그래서 외로움이 더 아름답게 남는 것일지도 모르지. 세상도 사람도 사랑도 하직하고 나면 후련할지도 모르는데 그래도 공허감이 스며오는 건 어쩔 수 없는 것 같아.

후덥지근한 바람이 다시 불어 바람결에 자꾸 헝클어지는 긴 머리칼을 쓸어 올리는 여윈 손가락이 헛헛하지만 오늘 하루도 낡은 기억을 가슴에 안고 세상에 사람에 사랑에 대립하지도 않고 아직까지 이 세상에 살아 있어준 내가 그저 고맙기만 하다.

너희들이 있어

너라, 너희를
하늘이 있어 내게 안겨주셨지
그렇지 않고서야
이리 불 지핀 기원祈願으로
손 모아 주고만 싶은 사랑이 또 어디 있으랴

세상살이에 그늘이 끼고
삶마저 송두리째 덮어온 아픔과 슬픔에도
솜솜이 와닿는 옥구슬 꽃나무 같은 너희들
말 한마디 작은 웃음소리에
나는 이 세상 모든 것에 그만 너그러워져

사랑하는 아들!
사랑하는 딸아!
주고 주어도 모자람만 가득한 미안함뿐이지만
어질고 착한 너희 이름을 부르는 것만으로도
벅찬 눈물이 솟아올라
캄캄 어둠 속에서도
목숨의 등불을 환히 들고 서 있는 애비란다

개도 안 물어갈 걱정

걱정도 있어야 사랑이라 하는 게지

꽃 같은 젊음 고달팠던 수고로도
복잡했던 삶에서 나를 건져내지 못했던
쉽사리 상처 입는 버릇 땜에
한겨울 벌거숭이 나뭇가지 하나가 바람에 흔들려도
지나온 일체의 것들이 자꾸 움터 나와
짙고 어두운 물감같이 번지는 많은 생각들

생각하고 나면 거기 또 생각은 남아 가시처럼 돋아나고

이를 어쩌랴
팍팍하고 마른 세상에 아직 여리디여린 모가지들
준대도 다 퍼준대도
내 어린 잎사귀인 너희들 소망에는 어림없어서
어쩌랴, 어찌하면 좋으랴

그래, 그래, 하긴
산다는 게 마디마디 피멍 들며 아프고 저린 거라고
너희들 소망으로 감당해내며 살아야 하는 거라고
말 없는 말로 지켜보지만

검은 밤중에 굽이굽이 주름져 잠겨있는
하나하나 안쓰러운 것들

그렇거니, 그렇겠거니
아무리 어두워도 보름날 달덩이처럼
하늘도 품어 빛날, 얼마나 많은
새로운 더 새로운 날들이 너희들에겐 있는데
나는
쓸데없이 근심하는 버릇 땜에 수시로 가슴 쓸어내리니
해서
그것도 사랑이라 그런 거란다

이젠 하다 하다
지나가는 개도 안 물어갈 걱정도 사랑이라 하는 거란다

12

가을의 가을 外 8

가을의 가을

무엇이든 마구잡이로 줄어들어 이미 충분히 외롭다. 천천히 흐르다 필사적으로 달려와 어느 날 어느 밤 작별 인사도 없이 모두 허사가 되어버리는 가련함, 빽빽하게 짊어졌던 삶의 무게는 무수한 빛깔로 바람에 날리다 기절해 흙먼지와 함께 흩날리는 뒷모습으로 윤기가 자르르 돌던 날의 지저귐은 속절없이 사라져버렸다.

하긴 어느 세월도 향긋한 유적으로 남지 못하고 불꽃처럼 뿜어내던 풍경을 찬 이슬로 적시며 요절해버렸지. 버석거리는 소리조차 말아 쥐고 제가 자랐던 나무 밑에 떨어져 구르는 잎은 햇살에 비치던 고운 꽃잎을 차마 잊지 못하지. 그러나 소멸도 윤회輪回의 의미로 묻어야 하는 것일까.

풀잎에 맺히는 찬 이슬에 얼비치는 슬픔
너는 시들고
나는 지쳤고
시선視線의 이켠과 저켠으로
구르는 무수한 생각들

소멸의 자유가 있기는 한 것인지
신神에게나 물어봐야겠지만
내가 보았던 것은 무엇이었을까

우린 아름다운 불꽃이었으나

확인해 볼 방편조차 없는 이 적막

인종忍從,

가슴 막히는 가을의 가을

누가 사람의 마음을 이렇게 하랍디까

오늘은 아침을 나가는 길에 누군가에게 무작정 편지가 쓰고 싶어 아직 문 열지 않은 길가의 한 점포 디딤판에 털버덕 주저앉아 늘상 쥐고 다니는 작은 노트를 무릎에 올리고 펜을 손에 잡았지만, 마음이 글로 드러내지지 않아 담배 한 대 피우며 멍청하게 앉아있는 것으로 글을 대신했습니다. 살면서 옷차림과 상관없이 나타나는 오래도록 이어져 온 이러한 버릇은 아침 출근길 타인의 눈에는 이상하게 보이기도 했을 것 같습니다.

길에서-. 그래요, 그렇게 털퍼덕 길가에 앉아서 멀리 산꼭대기를 바라보며 사람의 마음 길을 떠올려 보았습니다. 이 세상에서 한 사람이 하나의 길로 걸어가기 위하여 길은 멀고 험해야 하는 것인지는 잘 모르겠지만 저 멀리 산까지 보이는 길이 그다지 평탄하게 보이지 않는 것이 조금 쓸쓸해지기도 해 오늘은 종일 길만 쳐다보며 지낸 것 같습니다.

차를 타고 지방의 도로를 달리다 보면 길이 눈앞에 다가올 때는 굽이지고 휘어져 보이다가 지나치는 순간에 돌아보면 직선으로 곧게 뻗어지는 길로 보이는 것처럼, 내 생애에 그리움 투성이로 이어진 사랑의 긴 여정도 굽이굽이 숱한 아픔과 슬픔으로 이랑진 날도 지금보다 더 지나고 나면 평이하게 잔잔한 날들로 남아지게 될지도 모를 일입니다.

…

　어둠이 깔린 길에 아침의 그 길 건너편으로 돌아오는데 LOVE 라는 영문자가 예쁘게 인쇄된 하트 모양의 반짝거리는 종이와 함께 곱게 접어진 리본이 마구 구겨진 채로 길바닥에 뒹굴고 있는 것에 눈길이 갔습니다. 공연히 마음이 안쓰러워져 그것을 주워 흙먼지를 털고 가지런히 몇 번 접어 휴지통에 넣어주면서, 어쩌면 내 삶의 목숨처럼 소중한 사랑도 내 그리운 소망도 이렇게 버려져 뒹굴고 있는 것은 아닐까 하는 생각이 들면서 가슴이 답답해졌습니다.

　도대체 누구랍니까? 얼마나 잘나고 얼마나 자만해도 좋을 사랑을 받는 그 누구이길래 건네준 사람의 고운 마음의 포장을 이렇게 아무렇게나 길바닥에 던져 더럽혀도 괜찮다고 한답니까?
　하긴 그러네요. 사랑이라는 것을 항시 마음에 담고 이 세상을 살 수 있는 것은 아닐 것이라서 사람의 마음이라는 것도 종내는 저렇게 구겨지고 허랑한 것으로 버려지기도 하는 거겠지요.

　그래요, 오늘 밤 나는 아직은 그리움 때문으로 내가 살아있는 것이라는 생각으로 잠을 청해야 할 것 같지만, 오늘 밤만은 그 누구라도 자기 생生에 깊이 소망하는 그리움을 가슴에 꼭 끌어안는 감격으로 꿈길에 들면 좋겠습니다.

그래도 정말 어쩌면, 어쩌면 말입니다. 아직 이 세상에는 매일 잠들기 전 두 손을 가슴에 얹고 콩닥콩닥 심장이 뛰는 것을 느끼면서 오늘도 사랑 때문으로 또 하루를 살았다는 것에 스스로 감격하고 오직 그리운 마음 하나로 생의 의지를 이어가는 목숨이 분명 있을 것이니까요.

가을의 끝

하나의 잎이 떨어지는 것에 세상은 아무런 이유를 필요로 하지 않는데 소망을 달고 결의決意를 떠나지 못한 사람의 꿈은 목숨처럼 질기게 붙어있다.

휘어지는 길에서 바람이 잠시 망설이다가 굽이를 열어젖힐 때 마른 가지 끝에 붙어있던 잎이 망설임을 떨치고 몸을 뒤집으며 내려앉을 때 붉게 눈꼬리 젖는 내 눈은 짧은 한순간을 남겨두고 싶었는지 모르겠다.

멀어지는 가을, 나도 나를 유적遺蹟처럼 남겨두고 무표정하게 멀어지고 싶다.

아무래도 친해질 수 없는 것

쯔릿쯔릿 쯔르릿
깍 깍
쯔릿쯔릿 쯔르릿
까악 까악

높은 소나무 가지 끝에서 평화롭던 까치들이
눈가루가 날리고
제 둥지 아래로 옆으로
저보다 몇 배나 작은 멧새들이 떼로 날아들어 휘저으니 분주해
졌다

아무래도 친해질 수 없는 것이다

멧새는 따로따로 가벼워
예각이나 둔각으로 휘어지며 하나하나 질서 없이 날고
까치는 둥지를 머리에 이고
가지에서 가지로 아래위나 옆으로 곧이곧대로 날고

어쩔 것이냐
평탄 평탄하게 하늘이 펼쳐있는 것 같아도
무난 무난하게 세상이 돌아가는 것 같아도

삶을 고단케 할 일이 생기면
만 가지 변화에 대응해야 하는 것을

쯔릿쯔릿
쯔릿쯔릿 쯔르릿
깍 깍
까악 까악

바쁘다
눈 내리는 아침이 바쁘다

보이지 않는 세월

돌아보아도 보이지 않는다
살아있다는 것을 인지시켜주는 바람 한 점 불지 않는다

내 걸음 소리가 내 귀에 들리던 그 순간만 나는
살아있었던 것일까
맑은 이슬처럼 우러나던 작은 꿈들
다시 돌아간대도 한 치 틀림없이 같은 걸음일진대
지나온 흔적이 보이지 않는다

하긴, 형식이 있었어야 내용이라도 남아 있을진대
순간순간 어제 일로 지나가버리는 세상에서
불씨를 살리지 못해 빛이 바래고
조각조각 부서져버린 세월이니
시간의 언저리조차 민망해 떠올릴 수 없는 거겠지

한 번 어긋나면 영영 어긋나는 것이고
부족한 것은 아무래도 부족한 것인지
조그마한 이룸 하나 만들어내지 못한 모자람에
숨소리조차 내지 못하는 초라함에
이젠 그 흔하디흔한 사랑조차 해본 적이 없는 것 같아
없다, 내가 보이지 않는다

나로 인한 내 시간이 처음부터 존재하지 않았던 것처럼

허망하고 무상無常해서 쓸쓸하다

삶의 모든 것이 비극으로 남아지는 것은 아니겠지만 세월은 저쪽 뒤안길로 사라져가고 비극적인 요소들은 분화구처럼 남아 내 외로움으로 자리 잡고 있다. 어쩌면 지나가버린 세월이 내 삶에 내가 가질 수 있었던 충만함을 약탈해 갔을지도 모를 일이다.

허망虛妄하다.

아무런 것에 있어서도 약속은 허망하다는 생각이다. 무언가를 이루겠다는 약속도, 사랑한다는 약속도, 그래서 살아있어 주겠다는 약속도 허망하다. 그래도 약속을 최후의 믿음처럼 가지고 살아야 했던 것은 그런 약속이라도 해서 지켜보려 애쓰지 않았다면 내 삶이 더 허망했을 것이기 때문이다. 내가 지키지 않은, 지켜주지 못해 부서진 약속의 파편을 주워 다시 열중할 수 있는 시간이 주어진다면 절망도 외로움도 아프지 않을지 모르겠다만 그러나 이제 나는 내 스스로의 약속과도 그만 이별하고 싶은 심정이다.

무상無常하다.

한때는 대견하다 생각했던 내 삶이 무상하고, 한때 그렇게도 절절하던 내 사랑이 무상하고, 끝내 너를 지켜 주리라 하던 약속도 무상하다. 그렇게 온통 허무해져 버린 내 삶이 불쌍하고 내 사랑이 통절痛切하게 불쌍해서 동정해주고 싶다. 내가 사랑한 네 인생도 동정해 주고 싶고 내가 보아온 세상도 사람도 모두 안쓰럽고 불쌍해서 내 모든 세월을 다 털어서 동정해 주고 싶다. 이런 초라한 인생은 어디 시골 장터에라도 가서 머리를 조아리며 동정을 받아야 마땅할 것 같지만 그러나 이 세상에서 나 같이 변변치 못한 인생이 그 누구에게 동정을 구할 수 있단 말인가.

쓸쓸하다.
쓸쓸해서 쉽게 잠이 들지 않고 필사적으로 눈을 붙이고 메마른 잠이 들면 다시는 그 잠이 깨지 않기 바라는 마음이 허망하다.

누군가 그리워질 때

『사랑하는 사람을 만나지 못했을 때 생기는 안타까움이 그리움인 줄 알았습니다. 시간이 지나면서 그리움이란 사랑이 이뤄질 수 없기 때문에 생기는 것이 아니라 너무 아끼기 때문에 어쩔 수 없이 생겨나 치밀어 오르는 마그마 같은 것이라고 생각했습니다. 주고도, 주고도 다 주지 못해 남은 것이 바로 그리움이라고.

그리움은 사랑과 함께 있으면서도 사랑 너머에 있고 항상 아픈 가슴속에 숨어 있습니다.』

"안순혜"님의 『바보 되어주기』 책 중에 있는 "누군가 그리워질 때"라는 글의 한 부분입니다.

….

그렇지요. 그리움은…. 보고 싶다! 라는 것의 다른 표현이 아니라 그냥 그리운 것이겠지요.

눈으로 보고 품에 안고 따스하게 서로 손을 얹고 있어도 가슴에서 애타게 끓어올라 스르르 눈물짓게 되는 안쓰러움이 바로 그리움일 것입니다.

사랑하는 마음이 가지는 보고픔만이 아니라 이 세상을 살아가며 함께 있다는 것만으로도 마음이 안쓰러워지는, 그 안쓰러움으로 맺혀지는 이슬 같은 것이 그리움일 것입니다.

살아있는 동안에 어째도 없어지지 않고 어떠해도 숨을 쉬는 것,
종내 함께 못할지라도 가슴이 절절하게 언제나 함께 하고 있는
것, 환하게 웃음 짓는 얼굴이라도 뒷모습을 보면 왈칵 눈물이 솟
아오르는 것, 아무리 힘들고 괴로워도 무엇이든 더 많이 더 깊이
해줄 수 없어서 가슴 아파지는 것이 그리움입니다.

"사랑해! 사랑해!"라는 말보다 깊고 깊어서 세상의 모진 것들,
숱하게 마음 저리는 것들에서 그냥 네가 안쓰럽고 함께 해주고픈
마음에 자꾸 눈에 선하게 어릿어릿 어려지는, 어떻게도 표현되지
않는 그 안쓰러움이 정말 그리움이라는 것입니다.

순간적인 감정으로 오르내리는 사랑의 마음이 아니라 살아서
는 죽음만 한 값을 치르는 어떠한 일이 있다 해도 너를 지켜주려
는 마음이고, 혹 죽어서는 살아서 있던 아픔조차 깔끔히 거두어
부담을 주지 않으려는 마음이 그리움일 것입니다. 살아서든 죽어
서든 저 자신의 모든 것을 덮고 가슴에 묻어두는 아픔도 오직 안
쓰러운 너를 위해서 참아주려는…. 바로 그것이 그리움이라는 것
입니다.

그래요, 오직 너를 안쓰러워하는 마음 하나 내내 품고 떠올리면
언제나 설레며 숨이 가빠지고 울먹여지는 느낌. 보다 더 많이 주

지 못하는 게 가슴 아프고 끝도 없이 자꾸 흘러넘치는 안쓰러움이 바로 그리움이라는 것입니다.

그래요. 사랑한다 하고 그리움이라 이름하는 거라면 언제나 너를 위한 안쓰러움으로 아무리 아프고 아무리 슬프단 대도 아무리 어떠하단 대도 무조건적으로 살아있어 주는 것. 그것이 사랑의 그리움이라는 것입니다.

정말 바보는 모릅니다. 왜 그렇게도 우리가 목숨이 다할 때까지 마르지 않는 안쓰러움을 품고 "바보 되어주기"로 이 세상을 살아왔고 또 살아내야 하는지를.

비 오는 날에

빗물에 몸을 담그고 맴도는 피 어린 꽃잎 하나
마치 지금이 최후처럼 오랜 시간 쏟아지는 비

그대 얼마만큼 갔는지
비의 빗소리가 창을 두드리는 슬픔으로 몸 젖어 깨는
새벽
그리움은 사태지는데
어쩔 것이냐

사람의 바램은 참 많은 것이 비껴가는데
아픈 몸은 아픈 것도 모르고

저녁 바람

한 줄 바람이 풀씨를 옮겨오던 날처럼 황태덕장의 덜 마른 비릿함 같은 것이 바람에 묻어나는데 저무는 지평 어디선가 일어서기 전 무릎을 접은 채 앉아 아직 다는 일어서지 않고 있는 저녁의 저 어둠.

해가 떨어지기 시작하면 가로등이 일정한 걸음을 디뎌가며 하나씩 불빛을 깔아가고 낡은 담벼락 틈에서는 상처가 쓰라린 메마른 풀은 아직 살아있는지를 갸웃하며 바람에 잠시 몸을 흔들며 추슬러보고.

하긴 그래요, 시간을 붙잡고 허우적거리는 당황보다는 성치 않은 오늘도 바람을 따라 사라져가는 게 좋겠지요. 그렇게 우리 모두 아무 일 없던 것처럼 그저 스쳐가는 저녁 바람이 되어야 하는 거겠지요.

바보 같은 가을에 편지를 씁니다.

별이 있고 달이 있어 하늘을 보는 것처럼 그리움만 보고 그리움이 없었으면 살아내지 못했을 사람. 그래요, 뼈 삭히는 그리움이 없었다면 나는 살아내지 못했을지도 모릅니다.

밤에 산길을 혼자 걸어가다 보면 누군가 뒤에서 빤히 바라보는 것처럼 온몸에 긴장이 퍼지지요. 그런 때 그 무언가가 혹시 내가 그렇게 그리워하는 그리움일지도 모른다는 생각을 하면 천공天空의 으스스한 달빛조차 그렇게 반가울 수가 없답니다.

두 눈은 세상을 바라보지만 가슴은 언제나 기억 속의 그리움을 바라보고 기다리는 것처럼 한 사람이 가지는 한 생애의 절실한 어떤 그리움은 세상의 모든 것에 의미와 이미지를 부여하면서 사람의 삶 뒤의 그 무엇인가를 들여다보며 의지를 삼게 하는 것 같습니다.

그렇게 그리워하는 감정 때문에 삶이 외로워지기도 하겠지만 그럼으로 하여 더욱 강렬한 의미의 삶을 실현할 수도 있는 것은 아닐는지요.

수은주가 가리키는 온도보다 한 2도쯤 마이너스로 차가워지는 바람에 여름내 무성했던 나뭇잎은 조금씩 소름이 돋아 오르는 가을이 왔습니다.

더 맑고 높아지는 하늘에 비례해 차가워지는 느낌에 그리운 슬픔은 더 깊어져가겠지만 어쩌면 이런 가을, 당신도 지금 나를 향한 그리움 때문에 아프고 있을지 모른다는 엉뚱한 생각을 했습니다.

정신이나 마음이 풍요한 물질에 따라 움직여지는 이런 시대時代에 나는 내 가난한 마음 하나뿐이어서 당신에게 내 그리움을 전할 아무런 방법이 없는 것이지만 그래도 아직은 내 그리움을 지켜가고 있노라고 이 가을 편지로 고백하고 있습니다.

겨우 이런 몇 줄의 편지로 내 그리운 마음을 당신에게 전하는 것이 마치 전선戰線으로 떠나는 병사같이 비장한 용기까지를 필요로 하는 것은 아니겠지만, 그와 똑같이 절실한 마음일 것이기에 당신도 나처럼 용기를 가지고 – "그래요, 나도 당신을 그리워하고 있어요." – 라는 당신의 마음을 내게 전해주기를 나는 기다리고 있습니다.

가을이라잖아요. 그렇잖아요, 정말 가을이잖아요.

지금 이곳은 도심의 하늘인데도 불구하고 고추잠자리가 떼를 지어 푸른 하늘에 어지러이 날고 있습니다. 이제 곧 이 땅 이곳저

곳 모든 산하山河가 저 잠자리 폭격기에 폭격당하여 벌겋게 피를 흘리며 물들어가겠지요.

오늘은 나도 한 마리의 고추잠자리가 되어 저 고추잠자리의 대열을 이끌고 그리운 당신에게 날아가 내 쓸쓸함을 당신에게 폭탄처럼 퍼부어 당신의 가슴을 온통 폐허로 만들어 마침내 당신도 내가 그리워서 눈물이 펑펑 쏟아지게 하고 싶은 충동을 가라앉힐 길이 없습니다.

가을이랍니다. 그래요, 그렇게 바보 같은 가을이랍니다.

철벽같은 세상도 당신의 가슴도 이제 그만 내게 무너져 달라는 이런 편지를 당신에게 써도 좋을 그런 바보 같은 가을이랍니다.

비록 나는 잠자리같이 얇은 날개 한 장도 가지고 있지 못해서 당신에게 날아가 내 그리움을 퍼부을 수도 없겠지만 그나마 이 몇 줄 글이라도 전해질 수 있도록 그대가 나를 향한 수신 안테나를 저 푸른 하늘가로 높이 세워주었으면 좋겠습니다.

그래요, 가을에는 이 바보 같은 가을에는 정말 당신도 바보가 되어주었으면 좋겠습니다.

– 宋泳信 –

rienbe@naver.com

■ 前 : ㈜ A-corporation 본부장

　　 : 인성기획 대표 & 희랍컴패니 대표

　　 : ㈜ 캐릭터랜드 상품기획 이사

　　 : ㈜ 희랍 대표이사

■ 現 : 레인보우 & 아트빈 – 마케팅이사 (서울Office)

　　 : 희랍앤하쎄 대표 (명화, 한국화 ART상품기획, 제조)

하얀 꽃이 하얘서
ⓒ송영신, 2019

지은이_ 송영신
펴낸이_ 이양훈
펴낸곳_ 도서출판 도훈
            (권선구 입북로 65 / 376-2017-000061)
교   정_ 김미애
디자인_ 한가윤
레이아웃_ 송영신

1판1쇄 인쇄_ 2019년 5월 2일
1판1쇄 발행_ 2019년 5월 8일

사무실_ 서울시 용산구 이태원로15길 14-4
전   화_ 010-6722-4621, 0507-1453-4621
팩   스_ 0504-227-4621
이메일_ flyhun9@naver.com
홈페이지_ www.dohun.kr

ISBN_ 979-11-89537-12-8 03810
정가_ 11,000원

「이 도서의 국립중앙도서관 출판예정도서목록(CIP)은 서지정보유통 지원시스템 홈페이지(http://seoji.nl.go.kr)와 국가자료공동목록 시스템(http://www.nl.go.kr/kolisnet)에서 이용하실 수 있습니다. (CIP제어번호: CIP2019016957)」

※ 도서출판 도훈은 수익금의 일부를 학생들을 위한 장학금으로 지급하고 있습니다.